»Eines Nachts hatte ich kein Papier mehr. Meine Lehrerin Angiolina Martini hatte mir erklärt, daß die Trusker einen Toten in ein beschriebenes Stück Stoff gewickelt hätten. Ich habe mir gedacht, wenn sie das gemacht haben, kann ich das auch tun. Zusammen mit dem Ehemann kann ich das Laken nicht mehr abnutzen, und so habe ich mir überlegt, daß ich es zum Schreiben verwende.«

Clelia Marchi

Keine einzige Lüge

Roman
auf einem Bettlaken

Aus dem Italienischen
von Patrizia Bruni

Ulrike Helmer Verlag

Aus dem Italienischen von Patrizia Bruni

Die Deutsche Bibliothek – CIP-Einheitsaufnahme

Marchi, Clelia:
Keine einzige Lüge : Roman auf einem Bettlaken / Clelia Marchi.
[Aus dem Italien. von Patrizia Bruni]. – Frankfurt am Main :
Helmer, 1994
Einheitssacht.: Gnanca na busia <dt.>
ISBN 3-927164-80-1

Titel der italienischen Originalausgabe: »Gnanca na busia«

Lektorat: Martina Nowak, Recklinghausen, und
Ulrike Helmer, Frankfurt am Main

Umschlagfotos: Enzo Soncini,
Studio Fotografico Hobby Foto, Milano
Druck: Fuldaer Verlagsanstalt
Printed in Germany

1 Ihr lieben Leute, macht Euch den Schatz auf diesem Laken zunutze, denn es ist ein Stück von meinem Leben. Es ist mein Ehemann. Clelia Marchi, 72 Jahre alt, hat die Geschichte der Leute ihres Landes aufgeschrieben, indem sie ein Laken mit Schriften bedeckt hat; von der Landarbeit bis zur Liebe, von den durchwachten Nächten

2 bis zur Küche, den Gefühlen und den Volksfesten! Sie hat die ganze Geschichte aufgeschrieben; ein Abenteuer mit all den Entbehrungen, in den Leiden eines jeden Tages; jede Zeile am Faden der Aufrichtigkeit entrollt! So wie der Titel meines Laken-Buches: *Keine einzige Lüge* habe ich erzählt; *keine einzige Lüge*, weder den Lesern noch mir selbst!!!

3 Unser Leben. Ich erinnere mich, als ich ein kleines Mädchen war, waren wir viele Geschwister. Meine liebe Mamma arbeitete hart, um uns zur Schule zu schicken. Ich ging nur im Winter zur Schule, weil meine Mutter woanders arbeiten mußte und ich auf meine kleineren Geschwister aufzupassen hatte, es gab aber nicht ein einziges Spielzeug, wirklich nicht!

4 Wir spielten mit Steinchen, mit Erde, daraus machten wir Tellerchen, Tischchen, Bällchen etc. etc. ... Ein bißchen half ich meinen Geschwistern bei den Hausaufgaben, den jüngeren. Aber ich konnte ihnen wenig beibringen, weil ich selbst kaum in die Schule gegangen bin, bloß im Winter, mit einem Paar Holzschuhen und einem Mantel in zwei Farben, genäht aus einem Rock meiner Mamma,

5 und einem alten Paar Hosen von meinem Papa; ich sah aus wie ein Harlekin. Als wir von der Schule heimkamen, gingen wir nicht spielen: Wir machten Strümpfe oder Strumpfsohlen für meine

Brüder; oder Spitze; meine Mutter gab mir ein großes Knäuel Hanf, und so arbeitete man, auch wenn man sehr klein war … Zu unserer Familie gehörten noch

6 mein Onkel und meine Tante, sie war diejenige, die die ganze Familie kommandierte; sie hatte keine Kinder, und so sagte sie: Ich mach keine Unterschiede, für niemanden. Weil aber die Familie groß war und es wenig gab, um sich ordentlich anzuziehen, schrien sich die Weiber oder die Mütter von uns Kindern gegenseitig an; aber wenn meine Tante kam, sagte sie zu ihnen: Schämt ihr euch nicht, herumzuschimpfen, ihr, die ihr so viele

7 Kinder habt? Damit waren die Streitereien beendet. So viele Kinder zu versorgen und bis spät in die Nacht wachzubleiben, um für die Bettlaken zu spinnen, oft auch bis zwei Uhr nachts; alle Tage waren gleich! Mein Vater führte die Buchhaltung für den Padrone, der viel Land besaß. Meine Mutter war sehr schüchtern, aber von seltener Schön-

heit; sie hat so viel gearbeitet für uns Kinder! Mor-
gens

8 früh ist sie aufgestanden, um die von Pipi durchweichten Windeln meiner Brüder zu waschen, mit einer Hacke brach sie das Eis auf, dann ließ sie ein Waschbrett mit zwei Beinen in den Wassergraben hinab und wusch so die Lappen, damit sie anderntags trocken sein konnten. Mittags kochten wir Polenta, da draußen, mit getrockneten Maisstengeln machten wir Feuer. Am späten Nachmittag, zum Abend hin, gaben uns

9 die Mütter die Polenta und eine halbe Feige zu essen, das war das ganze Abendessen, dann alle ab ins Bett! Wehe, wenn noch ein Kind auf war, bis die Männer nach Hause kamen (die Männer waren alles)! Zum Bettanwärmen nahmen sie die Glut von den Maisstengeln und der »bruscola«, was dürres Reisigholz ist. Wenn du das ins obere Stockwerk brachtest, war es bloß noch warme Asche, weil die Wärmepfanne nichts als eine

10 Büchse war, die von den Sardinen, oder ein kaputter Nachttopf. Wenige hatten richtige Pfannen, um das Bett zu wärmen. Was für ein bescheidenes Leben! Zwei Paar Strümpfe waren schon fast zuviel, auch scheußliche Sachen besserte man aus; immerzu diese Lumpen, aber es gab nichts Besseres. Wie sehr hat man gelitten im Leben; wenig Brot! Nur Polenta hatten die Armen im Überfluß. Dann kam der Krieg; mein Vater mußte in den Krieg ziehen ...

11 Denkt Euch meine Mutter: Nur uns Kinder hatte sie noch. Die etwas Älteren sind zu Hause, von der Schule daheimgeblieben, um die Stelle unseres Vaters einzunehmen. Fürs Essen gab meine Tante meiner Mutter nie was, denn mein Vater bekam ein kleines Entgelt für uns Kinder; es war aber meine Tante, die das Geld abholte. Dann hat mein Vater ein Foto von uns Kindern haben wollen, mit meiner Mutter ...

12 doch an ihren Platz hat sich meine Tante gestellt. Als mein Vater gesehen hat, daß meine

»Als ich aber einmal hingegangen bin, um Stroh zu binden, hatte ich nicht drauf geachtet, wer auf der anderen Seite der Maschine war; oder wer mir den Draht reichte. Wie ich aber hingeschaut habe, da war es ein schöner Mann, blond, mit blauen Augen.«

Mamma nicht darauf war! Sie hat das Kommando geführt: notgedrungen war man sich einig!!! Das Haupt der Familie war alles (auwei!!). Sie hatten nie einen Pfennig, die Mütter; nicht mal, um Schuhwichse für die Holzschuhe zu kaufen. (Arme Mamma) sie nahm ein bißchen Stroh, verbrannte es, dann tat sie das Verbrannte in einen Tomatentopf

13 mit ein bißchen von dem schwarzen Schmierfett für den Handkarren; sie vermischte es, das war dann die Schuhwichse. Und so schlug sie sich durch, mit Leiden, Arbeit, Entbehrungen, um uns Kindern zu helfen! Mit der Zeit kam mein Vater aus dem Krieg heim; nach einer Weile haben sich die zwei Familien getrennt. Mein Vater war noch immer Buchhalter im Dienste des Padrone, und er zahlte ihm mehr, als er vorher verdient hatte; die Umstände besserten sich. Wir Kinder fingen an

14 groß zu werden; arbeiteten bei dem Padrone, wo mein Vater Buchhalter war! Man begann ein bißchen besser zu leben; aber zufrieden war keiner. Als ich zwölf wurde, ist mir eine Schwester von zehn Jahren gestorben; meine Eltern gingen mit so viel Kummer arbeiten; wir waren doch so viele, die wir unsere Eltern brauchten! Mit der Zeit wuchs man immer mehr heran, und um so mehr wollte man

15 den Eltern helfen. Als ich 14 Jahre alt wurde, ging ich zum Arbeiten hinter die Weizenmaschine, das Stroh binden oder die Heubündel, wenn sie aus der Presse kamen; aber immer in der Umgebung, in der ich wohnte, denn wenn ich wohin gegangen wäre, wo man mich nicht kannte, da nahmen sie mich nicht, weil ich zu jung war, und der Padrone mußte Strafe zahlen; aber da in der Nähe haben sie mich immer genommen. Man führte ein, zwei

16 zwei Drähte mit einer passenden Nadel in die Presse ein. Auf der anderen Seite zog ich und band sie zusammen. Ich ging eine ganze Weile dorthin; als ich aber einmal hingegangen bin, um Stroh zu binden, hatte ich nicht drauf geachtet, wer auf der anderen Seite der Maschine war; oder wer mir den Draht reichte. Wie ich aber hingeschaut habe, da war es ein schöner Mann, blond, mit blauen Augen. Man stand an der Maschine bis Mittag, dann um die Mittags-

17 zeit, wenn die Maschine zum Stillstand kam, ging man zum Waschen an den Brunnen. Da ringsherum gab es Bottiche, um die Wäsche auszuwaschen; wenn man sich wusch, trat ich an den Rand des Brunnens, um das Wasser heraufzuziehen; ich war 14 Jahre alt und füllte die Bottiche auf, damit alle sich wuschen, die an der Maschine arbeiteten, es waren an die 60 Personen! Den Mann sah ich nicht, der den Draht einfädelte,

18 zusammen mit mir. Ich zog immerzu das Wasser hoch mit zwei Holzeimern; einer ging runter und einer kam rauf. Als ich aber den letzten Eimer Wasser ausschütten mußte, goß ich das ganze Wasser über ihn; ich sagte zu ihm: Es tut mir leid, aber ich hab Euch nicht gesehen! Da fing er an zu lachen. Nach sechs Monaten ist er hergezogen, genau dorthin, wo ich wohnte; er kam zu meinem Vater, der der Verwalter des Padrone war, um für ihn zu arbeiten. Ich sagte »Sie« zu ihm; weil

19 weil ich im Vergleich zu ihm ein Kind war; ich war 14 Jahre alt und er 25. Nie aber hätte ich gedacht, daß dieser schöne Junge, den ich zum ersten Mal bei der Maschine gesehen hatte, mich fragen würde, ob ich mit ihm Liebe mache; ich habe ihm gesagt: Wenn meine Familie erfährt, daß Sie so alt sind! Er sagte zu mir: Wenn ich dir aber gefalle, werden wir heimlich miteinander reden, und wenn du 16 Jahre alt wirst, werden wir heiraten. Aber wer dachte schon

20 ans Heiraten? Er kam jeden Tag zu uns nach Hause, um mit meinem Vater zu arbeiten. Im Winter machten sie Besen und Bürstchen aus Federn, mit denen die Möbel des Padrone saubergemacht wurden; im Kornspeicher wendeten sie das Korn; sie arbeiteten im Winter in den Ställen, um die Schnüre zu drehen, mit denen wir im Frühling die Weinreben zusammenbanden. Und so war er im-

mer in unserm Haus; aber ich sprach nicht mit ihm. Eines Tages sagte mein Vater zu ihm: Geht in den

21 Kornspeicher, den Weizen wenden, und zu mir sagte er: Du gehst fegen, und so gehorchte ich; der Junge sagte zu mir: Bleib stehn, laß mich vor! Ich sagte ihm: Geht ruhig vorbei; meine Brüder waren dabei. Und er sagte zu mir: Warum sagst du nicht »du« zu mir? Weil Ihr alt seid ... Wir sahen uns jeden Tag, und im Verborgenen redete er mit mir, er sagte zu mir: Erzähl es niemandem, daß ich dir gesagt habe, daß ich dich heirate, wenn du 16 Jahre alt bist! Er ging oft

22 aus, aber ich nicht; nur manchmal mit meinen Freundinnen. Und so vergingen die zwei schönen Jahre. Ich wurde 16 Jahre alt, und da fingen wir an, uns miteinander zu zeigen. Mein ältester Bruder sah mich und begann mit mir zu schimpfen, daß ich auf der Kirchweih gewesen bin und er an meiner Seite. Mein Bruder erzählte es am nächsten Morgen meinem Vater: Weißt du,

mit wem dein Kind spazieren war? Was? Was hast du da gesagt? Dein

23 Kind ist mit dem Jungen spazierengegangen, der hier ins Haus kommt. Er sagte zu mir: Du wirst doch diesen Jungen nicht wollen, der so dünn ist, daß er sich die Beine bricht, wenn er hinfällt; ich wußte gar nicht, wie ich mich verhalten sollte. Und seit der Zeit fing unsere freie Liebe an. Zwei Jahre waren vergangen, in denen wir uns nur angeschaut, ein paar Worte gewechselt hatten, manchmal ein Lächeln, niemand hatte es bemerkt. Nur einmal sagte ein Junge zu mir: Ich weiß es, daß dieser Junge zu dir

24 kommt, den sie Precisin nennen. Weil er so tüchtig war: genau, ordentlich, intelligent etc., und so haben es nach und nach alle erfahren. – Ich wurde schwanger; alle haben es erfahren, bald danach sind wir fortgelaufen zu ihm. Und am nächsten Morgen bin ich Maisstengel schneiden gegangen mit meinem Schwager, der mich auf der Fahrradstange mitgenommen hat – Was

für eine Hochzeit, wer sprach schon von Hochzeit damals …

25 Dort, wo ich hingegangen bin, waren sie noch ärmer als ich. Meine Eltern waren nicht einverstanden mit dem Ausreißen. Sie hatten in ein paar Jahren etwas Geld gespart, und wie schlimm für meine Eltern, sagen zu hören, die Tochter des Verwalters von Lanzoni ist mit seinem Angestellten weggelaufen, so arm, daß er nicht mal Kleider zum Wechseln hat! Und so fing mein Eheleben an, es gab aber keine Schwiegermutter, wir waren

26 drei Frauen oder Mädchen. Ich war 16 Jahre alt, die andere 19 und die dritte 21, wir wußten alle drei nichts oder kaum was. Aber meine älteste Schwägerin hat das Kommando geführt, sie war als erste in dieses Haus gekommen. Am zweiten Tag nachdem ich ausgerissen war, mußte ich anfangen zu kochen, mit ganz wenig bloß zum Zubereiten, wo es bei mir daheim an nichts gefehlt hatte … Sie haben mich die Fenster putzen lassen, ich bin mit der Hand

27 durch die Scheibe gefallen, bis auf die andere Seite, Ihr könnt Euch vorstellen, was für eine Schande! Und mich kochen zu lassen, ich, die ich zu Hause nie gekocht habe, weil ich aufs Feld gegangen bin, zusammen mit den Frauen, die im Taglohn gearbeitet haben! Derweil mein Bruder mit den Männern ging, was während der Erntezeit sogar mehr als 60 Personen waren … Und so zog man aufs Feld; es war meine Mutter, die das Essen richtete. Als kleines Mädchen …

28 konnte ich Betten machen, abwaschen, fegen, den Teig zubereiten, mit dem's wie mit der Polenta war, an ihr hat's nie gefehlt! Aber wie sollte ich, obwohl ich in einem fremden Haus war, sofort mit dem Kochen anfangen? Wenn eine Schwiegermutter dagewesen wäre, hätt' sie mich zumindest anleiten können! Wie schrecklich, ich erwartete ein Kind und war doch selbst noch ein Kind! Von Tag zu Tag fühlte ich mich schlechter, ich war so schwach geworden, daß ich überall einschlief.

29 Und sagen, ich muß zum Arzt! Ich war erst so

kurze Zeit in diesem Haus, das wär fast eine Schande für den Ehemann gewesen. Eines Tages bin ich eingeschlafen, derweil ich am Tisch saß, die Haare sind in den Suppenteller reingefallen. Sie haben mich nicht geweckt. Der Padrone, der dort eine Kammer für Viehfutter und anderes Zeug hatte, ist hereingekommen und hat gesagt: Aber wie kommt's,

30 daß die da schläft, statt zu essen?! Sie haben angefangen zu lachen ... Da hat er ihnen gesagt: Es ist besser, wenn ihr sie weckt, anstatt sie auszulachen. Wenn sie eingeschlafen ist, wird sie was haben! – Wehe, wenn man damals zum Ehemann sagte, laß uns alleine wohnen! Arbeit fand man damals ja überall! Meine Schwägerin sagte immer zu mir, du weißt wirklich nichts! Wenn man bedenkt, mein Mann, so tüchtig, wie mußte er sich wohl fühlen? Im Grunde hatte er ein Kind zu sich genommen ...

31 Ich 16 Jahre alt und er 25! Denkt Euch, daß ich noch mit meiner Mutter hätt' zusammensein

»Statt so jung zu heiraten, kann man besser gleich Anlauf nehmen und sich den Kopf an der Wand einrennen!«

können! Aber dazu war's zu spät, es wurde Zeit, etwas für das Kind zu kaufen, das geboren werden sollte. Sie waren aber so arm, daß sie nicht mal für sich selbst was hatten! Meine Mutter brachte mir etwas, weil's ihr an Geld nicht fehlte, aber zu Hause hatte sie auch verheiratete Kinder. Natürlich brauchte man etwas.

32 Ich fühlte mich weiterhin schlecht. Und bald darauf kam das erste Kind zur Welt, man blieb aber nur kurze Zeit im Bett. Als das Kind eben geboren war, haben sie mir ein halbvolles Glas Wasser mit einem glühenden Stück Kohle drin zum Trinken gegeben; davon daß sie ausging, wurde das Wasser lauwarm. Wenn sie's bloß warmgemacht hätten, statt mir so schmutziges Wasser zu geben! Es war die Hebamme, die dich so ein Wasser trinken ließ; wer weiß warum!

33 Aber nach ein paar Tagen stand man wieder auf, und man fing sofort an zu arbeiten … Dieses Kind ist am 21. Februar 1929 geboren, dann kam der Sommer, so daß es arg viel zu arbeiten gab.

Meine Schwägerinnen hatten auch ein Kind; und der, der die Befehle gab, war mein Schwager. Sie durften heim, um ihnen Milch – die Zwischenmahlzeit – zu geben, aber warum haben sie mich nicht gehen lassen, obwohl mein Kind kleiner war? Denkt Euch, was ich für nasse Füße bekam ...

34 Wehe, wenn die Frauen was sagten! Es war mein Schwager, der zu seiner Frau und der Schwester sagte: Geht die Kinder stillen. Aber warum nicht meines, das doch der Sohn seines Bruders war? Mein Mann schwieg, bloß um seinen Brüdern nicht zu widersprechen! Heute wäre das anders! Um mit der Familie zu leben, muß man leiden können, bevor man's überhaupt anfängt! Auch diese ganzen Sachen sind vorbei, aber nicht vergessen!!

35 Und es war eine Kleinigkeit, verglichen mit dem Leben! Für sie; nicht für mich! Daß sie eine Mutter nicht gehen lassen, um ihr Kind zu stillen, ist ein großer Schmerz. Sicher waren sie mehr für die Arbeit als für die Kinder, das sind alles Sachen, die vorbei sind, aber nicht vergessen! Dann arbeiteten wir damals die ganze Woche. Jede Frau fing am Montag morgen an, und bis Sonntag abend; genau so war's …

36 aber ich, mir brachte eine Frau manches bei; eine Nachbarin, die 50 Jahre alt war. Erstmal sollte man möglichst wenig Holz verbrennen, weil es davon wenig gab und es schimmelte; aber das Wasser im Topf mußte kochen, also mußte ich das Holz verbrennen! Um elf Uhr brachte ich die Glut zu dieser Frau in ihren Ofen, weil wenn zuviel Glut da war, wenn sie vom Feld heimkamen …

37 schimpften sie mit mir. Anders meine Schwägerinnen, dort schaute keiner nach dem Ofen, aber sie brachten mir auch nichts bei. – Statt so jung zu heiraten, kann man besser gleich Anlauf nehmen und sich den Kopf an der Wand einrennen! – Doch die Zeit verging, und ich erwartete wieder ein Kind, egal ob Junge oder Mädchen, nur mein Mann wußte davon, ich behielt's für mich …

38 ohne es jemandem zu verraten. Ich sprach zu diesem Kind, das ich in mir hatte: Wie werd ich daheim sagen können, daß ich wieder ein Kind bekomme, wo sie doch nicht einverstanden waren … Trotzdem hab ich nie daran gedacht, es loszuwerden! Wie konnte man an sowas denken? Für mich war das wie töten; oje! Und nach und nach, eines Tages fühlte ich, wie du dich bewegt hast … in mir drinnen, verbunden mit meiner Nabelschnur, dort …

39 atmetest Du von meinem Atem. Da war ich sicher, daß ich ein weiteres Kind gebären mußte, und ich mußte es der Familie sagen, damit sie mich schonten, ich war doch so jung und schwach, daß ich Angst hatte, es zu verlieren! Ich sagte meinem Mann, daß ich eine Hebamme brauchte zur Untersuchung; aber damals ging man nur zum Doktor. Ich ging zum Doktor: Er fand bei mir eine Nierenentzündung, er verschrieb mir nur Reis und Milch,

40 wegen den Medikamenten mußte man zu Hause mit der Familie sprechen, die teuersten ko-

steten zwölf Lire, und so gab es Streit zu Hause, weil sie kein Geld ausgeben wollten. Und so habe ich mit 18 Jahren wieder ein Kind auf die Welt gebracht. Als mein Mann ins Rathaus gegangen ist, um das Kind anzumelden, haben sie ihn gefragt, ob er verheiratet wär, er hat ihnen »nein« geantwortet. Denn die jungen Männer, die 25 Jahre alt und nicht verheiratet waren, zahlten eine Steuer …

41 die »Ledigensteuer« genannte wurde. Wir haben geheiratet, nachdem wir drei Jahre zusammen waren; aber in der Familie vertrugen wir uns nicht, weil ich zwei Kinder zu versorgen hatte und zuviel Zeit brauchte. Die Ärmsten, sie waren so klein! Eines Tages bekam das Kleinste Krämpfe, und als der Arzt kam, war es schon tot! Das Mädchen meiner Schwägerin

42 kriegte Masern, auch sie starb; in einer Woche sind zwei Mädchen in unserer Familie gestorben. Und doch mußte man weitermachen, es gab ja noch andere Kinder zu versorgen. Es ist so, das Leben ist wie ein Rechen, mit dem man das Gras aufhäuft: durchs ewige Ziehen geht eines schrecklichen Tages der Stiel kaputt, und alles aus, vorbei! Nach drei Jahren, die wir in der Familie gewesen sind, haben wir uns von ihr getrennt, aber wir hatten nichts,

43 wir hatten bloß 25 Lire und 25 Kilo Mehl, drei alte Tischdecken und ein paar Teller, auch alt. Die Möbel damals gehörten zum Haus. Etwas hat mir meine Mutter gegeben, und ich danke ihr, wo sie doch zwei verheiratete Söhne zu Hause hatte! Aber sie hatten mich einfach zu lieb, und deshalb gaben sie mir immer was. Mein Mann ist als Lohnarbeiter gegangen, entweder auf den Hof oder zum Padrone, wo wir wohnten, wir hatten eben nichts,

44 weder Tische noch Stühle noch Geld, um sie zu kaufen! Der Padrone war Guido Canossa, den sie mit Spitznamen »Muret« nannten, und er wohnte an der Paleotta. Der hat uns zwei alte Stühle und einen Tisch gegeben, der war genauso alt und mit nur einem Bein; und für die anderen drei haben wir einen Packen Steine, so hoch wie das eine

Bein, hingesetzt, und diesen Tisch und diese zwei alten, abgenutzten Stühle hatten wir zwei Jahre lang! Als erstes haben wir einen Backtrog angeschafft,

45 zum Brotteig kneten, er kostete 60 Lire, dann, zwei Jahre später, haben wir den Tisch und vier Stühle gekauft, und so fingen wir mit der Zeit an, etwas für die Wohnung zu kaufen. Aber nach einer Weile kam wieder ein Kind, ich mußte trotzdem arbeiten gehen. Man verdiente wenig; wenn die Frau dem Mann nicht half, war es schlimm. Der Padrone gab mir ein Stück Land zum Bestellen, darauf säte ich Zuckerrüben und ging hin, wann immer ich konnte,

46 oder in der Zeit, wenn die Kinder im Bett waren, und auf die Art und Weise half ich meinem Mann. Auch er hat gut 30 Jahre lang seinen Lohn verdient, und das ist nicht wenig, und ich bin zum Arbeiten gegangen, wohin man mich gerufen hat! Wie mein Mann 30 Jahre lang für seinen Lohn geschuftet hatte, da wollt' er nicht mehr; denn wenn

»Mut ist nichts, was man sich kaufen kann: entweder hat man ihn, oder man hat ihn nicht, und trotzdem muß man weitermachen ...«

nur noch ein Monat fehlte, bis eine Kuh werfen sollte, mußte er Nacht für Nacht im Stall schlafen bis zur Geburt des Kälbchens, und jede Nacht, zwei Monate lang, auch länger, schlief er dann

47 im Stall mit ein bißchen Stroh und einem alten Mantel, das war das Bett! Sprechen wir nicht mehr davon; wie mir die Tränen runterlaufen bei all den Erinnerungen! Wie ein zehn Jahre altes Mädchen zu mir ins Bett kam, weil ich allein Angst hatte, das ist so eine Krankheit von mir. – Am Ende des Jahres wollte er nicht mehr, da sind wir zu einem anderen Padrone gegangen. Wir hatten drei Kinder, und ich erwartete noch ein Kind, das war das vierte, und mit vier Kindern gab es nichts zu scherzen mit den Padroni auf dem Hof.

48 Ich habe aber immer gewußt, wie ich die Kinder in meiner Nähe zu halten hatte, damit sie nicht durchs Tor auf die Felder hinausliefen! Damit sie bei anderen kein Unheil anstellten; wo die doch auch Obstbäume und Weintrauben hatten! Und die Padroni waren zufrieden mit uns, so daß wir viele

Jahre lang dort gewesen sind. Man trug immer Sorge, alles gut zu machen! Trotzdem können Kinder, wenn sie klein sind, auch mal weglaufen … so auch eins von meinen Kindern, es war vier Jahre alt. Eines Tages stand das Tor offen,

49 und es gab so viel Obst! Doch selbst wenn es anfaulte, wurd's keinem gegeben. Wie ich schon sagte, das Kind hatte mit vier Jahren versucht, auf einen Obstbaum zu klettern – aber wie soll ein Kind mit vier Jahren klettern können??? Der Padrone hat ihn gesehen, riß ihn weg und verletzte ihn dabei in der Mitte der Beinchen … Er weinte, ich kann gar nicht sagen, wie. Der Padrone nahm ihn auf den Arm, brachte ihn nach Hause, ich wohnte in nur einem Zimmer …

50 warf ihn aufs Bett, packte ihn bei den Haaren und schlug seinen Kopf gegen die Wand … Und er sagte zu mir: Aus deinem Sohn wird ein Dieb! Ich bin in Tränen ausgebrochen; aber wehe, wenn ich gesagt hätte: Wir werden ja sehen! Wenn er dich mit so vielen Kindern wegschicken würde; es war nicht leicht, eine Wohnung zu finden, auch wenn man arbeitsam war. Ich arbeitete auch für Lohn, zusammen mit meinem Mann, immer derselbe Padrone. Die Kinderchen, so klein sie waren, blieben daheim; eins war vier Monate alt und eines fünf Jahre.

51 Da war eine Alte, die auf sie aufpaßte; und Gott sei Dank, daß jemand da war, der auf sie aufpaßte! Eines Tages gehe ich nach Hause und höre das Kind verzweifelt weinen. Ich rannte hinein, um zu gucken, da war das Kind mit Blut überströmt, sein Schwesterchen hatte ihm an einer Hand zwei Fingernägel ausgerissen! Ich verband es; und dann bin ich arbeiten gegangen. Könnt Ihr mir sagen, wie eine Mutter sich dabei fühlen soll? Und trotzdem ging ich im Sommer jeden Morgen in der Frühe Gras holen, um vier Uhr, für die Kühe,

52 zusammen mit fünf Männern. Ich rechte, und sie luden auf, der Padrone immer mit dabei, der uns beaufsichtigte! Ich hatte so viel zu rechen, daß du dir noch nicht mal die Nase putzen konntest! – Das ist der echte »Baum der Holzschuhe«, wahr und wahrhaftig. Um acht Uhr kamen die Frauen, die bei dem Padrone als Tagelöhnerinnen arbeiteten. Auch ich ging mit ihnen, und so war es alle Tage. In einem Jahr verdiente man ca. 65 Tausend Lire, und das war schon viel damals; jedenfalls für die Armen …

53 Wie viele Frauen hätten gern meinen Platz eingenommen, nur um der eigenen Familie zu helfen. Wenn die Menschen wüßten, wieviel Plackerei man damals hatte, daß man die Zuckerrüben mit der Schubkarre nach draußen brachte; die Schubkarre war die vom Stallmist. Und barfuß in dem Schlamm, weil der Padrone immer sagte, daß wenn die Tiere den Boden zertrampeln, würde er das nächste Frühjahr weniger Frucht bringen. Und für all die Opfer und die Mühsal bräucht's ein Bettlaken …

54 so lang und breit wie das Meer, um von allen Anstrengungen und Sorgen zu erzählen! Wie kurz danach ein Bruder von mir mit 21 Jahren an Typhus gestorben ist, daß sie ihn nachts weggebracht haben! Ich stand meiner Mutter bei, ich besuchte sie jeden Tag und versuchte ihr Mut zu machen; aber wie konnte man's denn, beim Tod eines Sohnes mit 21 Jahren?! Mut ist nichts, was man sich kaufen kann: entweder hat man ihn, oder man hat ihn nicht, und trotzdem muß man weitermachen …

55 weil das Leben weitergeht. Ich mußte auch weitermachen; und arbeiten, um meine Kinder versorgen zu können. Und um's zu was zu bringen, muß man bei vier Kindern gut achtgeben. Mit zehn Lire ging man auf den Markt, und man kaufte ein: Man kaufte 200 Gramm Schweineschmalz, 200 Gramm Öl, eine Zitrone, 200 Gramm Zucker, ein bißchen Gemüse, Salz; das war der ganze Einkauf! Von zehn Lire blieb dir noch was …

56 Der Kaffee war aus Gerste. Meist wurde er zu Hause geröstet; mit einer Kaffeemühle, die einen langen Griff hatte, der Boden sah aus wie ein Tomatentopf. Die Milch, die holte mein Mann, sie war mit in seinem Arbeitslohn. Eine Zeitlang sah es so aus, als ob es uns gut ginge! Dann kam der letzte Krieg, ich erwartete wieder ein Kind. Es gab Lebensmittelkarten für Brot, für Öl; das Brot auch noch schwarz, und wie ...

57 daran hat es nie gefehlt, nur gab's allmählich keine Butter mehr für die Armen! Um ein bißchen Butter zu haben, hob ich die Milch ein übern andern Tag auf; dann schöpfte man den Rahm ab; dann tat man ihn in ein 200-Gramm-Fläschchen; und man machte ein Stückchen Butter, so groß wie eine Nuß. Die Milch gab ich den Kindern mit etwas Gerstenkaffee; die Sachen wurden immer weniger! ...

58 Dann haben wir angefangen, bloß einen Liter Milch zu nehmen, und davon gab ich ein Glas in den Topf mit der Suppe, weil die Gewürze immer weniger wurden; dann kam der Zwang zu schwarzem Brot. Wenn du es ein bißchen heller machtest, wurd's den Alten im Heim gegeben, und man machte es wirklich mit Kleie; weil es wenig Mehl gab, und selbst das war rationiert. Das war die Zeit des Krieges um Brot …

59 Und es bleibt immerzu viel zu erzählen: Wie in der Kriegszeit die Flugzeuge kamen und ich mit vier Kindern in einen Graben rannte; ich schob sie mir unter den Bauch, damit wenigstens sie sich retteten. Sie kamen und beschossen das Haus, wo ich wohnte, mit Maschinengewehrsalven, denn da war das deutsche Kommando. Als ich zurückkam aus unserem Schutzgraben, war das Haus völlig zerschossen, viele Löcher in den Mauern. Wenn ich daran denke, daß meine

60 meine Mamma in dem Haus war! Sie war gelähmt, sie konnte nicht laufen und blieb allein zu Hause! Und sagte immer zu mir: Geh du mit den Kindern in den Schutzgraben, ich hab keine Angst! Ihr könnt Euch denken, wie's mir dabei ging! Ich hätte sie lieber auf die Arme gehoben und weggebracht!!! Aber ich war überfrachtet mit vier Kindern, und dann, wer half dir, sie zu tragen, wenn die Leute verschreckt in die Schutzgräben

rannten, ach, arme Mamma!! Meine Mutter hatte ich bei mir, weil mein Bruder …

61 im Krieg war; seine Frau hatte das Land und konnte sich nicht um sie kümmern; und sie hatte es doch so nötig, weil sie gelähmt war! Wieviel ist geschehen und vorbei, aber nicht vergessen! Zum Glück war mein Mann nicht in den Krieg gegangen, weil nur die vom Jahrgang 1904 gezogen wurden, und er war Jahrgang 1903; dieser Jahrgang wurde nicht einberufen. Nach dem vielen Schrecken ging der Krieg zu Ende; es wurde Zeit, zurück an die Arbeit zu gehen.

62 Wir waren glücklich und zufrieden, daß wir uns alle gerettet haben. Mein Bruder kam heim. Meine Mutter zog wieder zu ihm. Die Deutschen hatten aber Waffen in einem Karren in der Scheune untergestellt. Als ein Junge aus der Nachbarschaft die Flugzeuge [der Amerikaner] hörte, nahm er ein Gewehr der Deutschen und schoß in die Luft. Die Deutschen, und auch der Kommandant wollte wissen, wer geschossen hatte …

63 der Deutsche war wütend. Ich sagte zu ihm: Bleib versteckt, wenn sie dich sehen, werfen sie Bomben ab! Er sagte zu mir: Du weißt es, warum willst du nicht sagen, wer es gewesen ist? Ich sagte ihm: Ich will mich doch auch retten; ich weiß nicht, wer es gewesen ist. Nachdem die Deutschen fortgegangen waren, haben wir erfahren, wer es war. Es waren aber viele, die Straßen sind voll gewesen; und sie haben viele [Deutsche] in die Knie sinken lassen mit den Händen auf dem Kopf,

64 sie haben sie in die Knie sinken lassen. Sie haben ihnen das bißchen Geld, das sie noch hatten, abgenommen. Dann haben sie ihnen das Gesicht eingeschlagen; später haben sie ihnen einen eingezäunten Platz an der Paleotta im Wald gebaut. Da haben sie sie dann so geschlagen, wie man Esel schlägt! Dabei waren die gar nicht böse, zumindest die, die wir kennengelernt hatten! Sie gaben meinen Kindern, ich hatte doch vier, immer was zu essen, denn wenn sie von dem Brot von der Lebensmittelkarte

»Im Leben kommt immer eins zum andern; das ist wie eine Schnur, die, je länger du dran ziehst, eines schlechten Tages kaputtgeht.«

65 eine Mahlzeit gegessen hatten, blieb ihnen nichts mehr; wenn die Deutschen nicht gewesen wären, die meinen Kindern Eßsachen gegeben haben, ich weiß nicht, ich weiß nicht, ich weiß nicht!!! Sie gaben ihnen ihre Suppe zu essen, statt Salz war Zucker drin, statt Bohnen taten sie Fleischstücke rein, die waren so groß wie Kastanien! Und wenn sie auch süß schmeckte, wir haben sie trotzdem gegessen; wenigstens haben wir …

66 keinen Hunger gelitten! Da war eine Freundin von mir, die für diese Soldaten kochte. Auch bei ihr muß ich mich bedanken, denn immer wenn die Soldaten Holz sägten, Eisenbahnschwellen waren das, sagte ihnen diese Freundin von mir, gebt der Mutter da, die so viele Kinder zu wärmen hat, ein bißchen Holz! Sie sägten das Holz unter meinen Fenstern. Ich hatte Gitter am Fenster, und sie, diese Soldaten,

67 schoben das Holz durch die Gitter, und ich legte es unters Bett, damit man es nicht sehen konnte. So wärmte ich meine Kinder. Endlich war

der Krieg zu Ende; wir dachten, es geht uns gut, aber gut ging es einem nie! Ich hatte einen Bruder von 25 Jahren, der wollte nach Afrika zum Arbeiten; dabei war er die Kraft meiner Eltern! Um dorthin zu fahren, brauchte man ein ärztliches Attest, doch der Arzt hat es ihm nicht geschrieben, weil er an Typhus erkrankt gewesen war …

68 Mein Bruder ist aber zu einem anderen Arzt gegangen, hat ihm gesagt, daß er nie krank war. Da hat der ihm das Attest geschrieben, und er ist nach Afrika gegangen, mit anderen zusammen und auch mit einigen von unseren Verwandten. Damals konnte doch fast jeder Arzt ein Attest schreiben … So ist er nach Afrika gegangen, nach sechs Monaten hat er das Maltafieber bekommen, und so ist er in Afrika gestorben. Aber wer konnte ihn nach Hause bringen lassen? Wo es so schlecht ging?

69 Sie haben ihn dort begraben, auch dieser Schmerz mußte überwunden werden! Er hatte eine Tochter mit Namen Nila, und ihre Mamma ist mit ihr nach Genua gezogen. Ich erwartete ein Kind, dem ich den Namen meines Bruders gegeben habe, denn früher war es Tradition, den Namen von dem wiederaufzunehmen, der gestorben ist. Auch das wog schwer im Herzen! Nach vielen Jahren kam der Befehl, die sterbliche Hülle in ihre Heimat zu überführen …

70 dies geschah im Jahre 1963. So sind diese Toten in ihren Heimatorten angekommen: Was waren auch das für schreckliche Momente! Man darf nicht daran denken, wie die Soldaten die sterblichen Überreste in einem kleinen Kistchen heruntergezogen haben; es war in eine italienische Fahne gehüllt. Die Soldaten, je eine Hälfte auf jeder Seite der Friedhofsallee, präsentierten das Gewehr, und wir nahmen dieses Kistchen auf den Arm in dem Wissen, daß das die Gebeine meines Bruders waren!

71 Ich stützte meine Nichte; mein Sohn stützte mich! Und ein Regen, daß ich es Dir nicht sagen kann; der unseren Schmerz noch trauriger machte.

Es war doch mein Bruder, der mit Verwandten weggegangen war! Sie haben ihn begraben. Und das Foto auf der Grabplatte, was muß man alles im Leben ertragen! Man muß immerfort zurückdenken – als die vom Rathaus gekommen sind, um meinen Eltern zu sagen, daß mein Bruder gestorben ist; auch ich war mitgegangen.

72 Es waren die Autoritäten des Dorfes. Da war D. Nino Setti, und der andere Renzo Regattieri, und an den dritten erinnere ich mich nicht mehr. Als sie meinem Vater gesagt haben, daß mein Bruder gestorben ist, hat er sich fast erbrochen. Es ist ihm Blut gekommen – er wurde sofort krank, nach sechs Monaten starb er! So mußten wir gemeinsam mit meiner Mamma auch diesen Schmerz erleiden, und doch mußte man weitermachen, wo ich so viele Kinder hatte, die mich brauchten, und viel

73 zu arbeiten! Drei Jahre vergingen nach dem Tod meines Vaters; da bekam eines meiner Mädchen Fieber. Ich holte den Doktor, das war Arnaldo Fioretti. Er sagte zu mir, ich müßte sie zu einem

Spezialisten bringen. Dafür brauchte man zehn Lire, so sagte ich ihm: Herr Doktor, ich habe kein Geld, um das zu bezahlen! Na, dann sage ich ihm, daß er nichts von dir nimmt, denn er ist ein Freund von mir! Ich habe das Mädchen in den Brotkorb reingelegt; dann ging ich zu diesem Doktor, der Mario Galucci hieß,

74 er untersuchte sie und sagte, daß es Kinderlähmung ist; er schickte mich zweimal die Woche nach Mirandola, um sie mit Stromstößen zu behandeln. Ich bin immer mit dem Fahrrad gefahren, das Kind im Brotkorb. Das Mädchen konnte nicht laufen, und es war fünf Jahre alt! Wenn ich heimkam, legte ich es ins Bett und ging in der Nähe arbeiten, auch wenn ich bloß eine Stunde an einem Morgen arbeitete; ich weiß nicht, wie ich's geschafft habe, dieses Leben zu führen!!!

75 Wenn es den Herrn nicht gäbe, der dir die Ergebenheit schenkt!!! Ich wüßte nicht, was ich machen würde!!! Da war mein größerer Sohn, der auf sie aufpaßte, aber da war auch noch ein anderes

Brüderchen. Der Älteste war erst acht Jahre alt, er war zu klein, um für alle diese Sachen Verantwortung zu tragen; ich kann mir nicht erklären, wie ich dieses tragische Leben führen konnte! Es ist aber auch wirklich wahr, daß Gott dir die Wärme oder die Kälte gibt, je nach der Kraft, die du hast!!! …

76 Und so war's eine Entbehrung nach der andern, auwei, auwei, auwei!!! Mir hätten bestimmte Dinge gefallen, denn ich war jung, aber ich hatte viele Kinder; und an Opfern hat's nie gemangelt. Mit dem Mädchen bin ich gut sechs Monate lang nach Mirandola hin- und hergefahren. Nach sechs Monaten konnte das Kind stehen! Dann haben wir es nach Bologna, ins »San Michele in Bosco« gebracht, dort ist es ein Jahr geblieben. Die Entbehrungen, wir allein

77 kannten sie, bei dem Nichts, das es gab! Später haben wir es nach Modena gebracht. Ich fuhr es mit dem Rad besuchen, daheim hatte ich ein kleines Kind, und an diesem Tag kam meine Schwester, um ihm Milch zu geben, obwohl sie selbst ein kleines Mädchen hatte; also ich weiß nicht, wie man es geschafft hat, auf dem Weg zu bleiben – wenn es nicht den Herrn gäbe, hätt' ich sehen mögen!!! – Nach den vielen Qualen ist dem Mädchen ein Bein kürzer geblieben, und so hat sie's immer noch …

78 Mit der Zeit war sie aber groß und schön geworden. Das Schicksal der Frauen ist, zu heiraten, so auch sie: Innerhalb von elf Monaten haben wir zwei Töchter verheiratet. Davon saßen wir auf dem trockenen, was soviel heißt wie keinen Pfennig zu haben, ohne es zu sagen, keiner weiß es. Im Leben kommt immer eins zum andern; das ist wie eine Schnur, die, je länger du dran ziehst, eines schlechten Tages kaputtgeht. Mein Mann machte mir Mut, er sagte zu mir, treten wir gemeinsam dem Schicksal entgegen;

79 und trotzdem war's damit nicht zu Ende. Nachdem ich zwei Töchter verheiratet hatte, eine mit 25 Jahren, eine mit 18 Jahren, war das Haus leer. Noch dazu ist kurze Zeit später ein Sohn ins

Krankenhaus von Venedig gekommen für gut 14 Monate, dann kam er nach Hause, er schien gesund zu sein. Es war schön, zusammen zu arbeiten. Ich hatte einen anderen Sohn von 22 Jahren; mein Mann sagte, die Töchter sind versorgt, ich denke, ich werd' ein bißchen ausruhen, dann werden wir mit den Söhnen anfangen! Und so arbeitete man, ohne ...

80 an die Mühe zu denken; man wußte, daß man bei all den Kindern sehr viel arbeiten mußte. Acht wurden geboren, das ist kein Zuckerschlecken! Wenn auch vier gestorben sind: vier sind auf der Welt. Die Jungen waren groß geworden, und der von 25 Jahren dachte ans Heiraten. Eines Tages sagte er: Vater, ich möchte heiraten, was sagst du? Naja!! Sieh zu, daß sie dir gefällt; denn die Ehe ist nicht wie ein Paar Schuhe, das du wechseln kannst, wenn es dir nicht paßt. Die Ehefrau

81 muß ein ganzes Leben lang bleiben! Weil, das Heiraten ist eine Sache; aber eine Familie unterhalten zu müssen, ist eine andere. Und so heirateten sie. Er hat ein Mädchen vom Land genommen; von der Kategorie arm wie wir. Wir haben unser Bestes getan! Aber wenn man arm ist, kann man nicht reich spielen! Ihr Vater hat ihr gesagt, denk dran, Heiraten ist eine große Umstellung, es ist nicht wie daheim bei deiner Mamma, der du alles sagen kannst, was du willst ...

82 sie weiß immer die richtige Antwort zu geben, ohne daß du gekränkt bist; die Mamma ist mehr als alles andere auf der Welt. Eine Mamma hast du nur einmal im Leben. Heiraten soll man, wenn man jung ist, da sind die Dinge immer schön. Wenn man jung ist, sieht man nur alles Rosa; aber leider hält das Rosa nicht lange an!! Im Leben zu zweit gibt es immer was, das nicht zusammenpaßt ... Da ist die Arbeit, um die Familie zu versorgen: Es ist eine Pflicht, die

83 eigene Familie zu versorgen. Sicher, als ich deine Mutter genommen habe, war sie aus wohlhabendem Hause. Achtet darauf, daß wir keine Schulden machen; es wird uns nie gelingen, sie ab-

»Und ich bin wie eine Weinrebe ohne Baum: Weil wenn von den zweien einer stirbt; ist auch ein Stück, ein bißchen ein Stück des Körpers von dem, der bleibt, gestorben.«

zuzahlen. Ich als dein Vater sage dir, mach keine Schulden, aus einer bloßen Laune heraus. Wir sind zufrieden gewesen, aber wie man sagt, die Alten leben am besten für sich und die Jungen für sich. Denn die Jungen haben das Recht, sich selbst zu versorgen. Oder ihre eigene Ehe

84 zu genießen. Denn die Alten können auch vergessen haben, daß Jungsein eben was anderes ist. Wenn ich sie mal ein bißchen mürrisch sehe, tut mir das leid. Sicher, auch sie haben ihre Dinge, und die Alten haben genauso ihre Probleme ... Es war mir ein Sohn im Haus geblieben, wir drei haben gearbeitet und versucht, unser Bestes zu geben; und doch fehlte es nie an Unannehmlichkeiten. Eines Tages wurde der Sohn krank und mußte ins

85 Krankenhaus von Venedig gehen: 18 Monate lang! Wir zwei arbeiteten noch mehr, um mehr zu verdienen, um diesem Sohn zu helfen: Wer wußte denn, ob er noch arbeiten konnte? Dieses Jahr schien sowieso das Jahr der Verzweiflung zu sein, zuerst der Sohn im Krankenhaus, dann wurde der Käse in der Käserei schlecht, keiner kaufte die Wassermelonen; weil der Padrone mehr dafür haben wollte, als was sie ihm geben wollten, die Käufer …

86 Und so sind die von der ersten Ernte auf dem Feld verfault; wir waren verzweifelt! Ewig ist in diesem Jahr das Unwetter oder der Hagel gekommen; was gab's noch mehr? Es gab etwas Wichtigeres als dieses Unglück: der Sohn, der an einer Niere operiert werden mußte, also das Leiden eines Sohnes, das steht in keinem Vergleich! Außerdem zuviel Arbeit; ich und mein Sohn, mein Ehemann arbeiteten trotzdem; zumindest konnte man nicht sagen: Mir ist soviel Unheil zugestoßen und noch dazu keine Arbeit!!!

87 Man mußte mehr arbeiten. Mein Mann und ich brachten das Heu mit dem Karren und einem Maultier heim, entweder ich oder er auf dem Karren. Abends dann luden wir es bei Licht in der Scheune ab; nach dem Abendessen. Ein Karren und ein Maultier, das waren alle unsere Gerätschaften. Die ganze Arbeit war mit der Hand zu machen, aber wie ich schon gesagt habe, die Arbeit war nichts gegenüber einem kranken Sohn; daß es keine Hoffnung auf nichts mehr gab ..., wo wir doch

88 entschieden hatten, das Land zu bearbeiten, es gab aber noch für ein Jahr Arbeit. Wir hatten 22 Stück Vieh, wenig Gerät, nur ein Maultier und einen Karren, bei so viel Plackerei, daß ich es nicht sagen kann ... Nach langer Zeit ist dieser Sohn aus dem Krankenhaus nach Hause gekommen, wir waren schon glücklich, daß er noch atmete, er lief so langsam wie eine Schildkröte. Wir waren trotzdem zufrieden, an die Arbeit und an die Entbehrungen waren wir gewöhnt. Später begann der Sohn

89 sich von Woche zu Woche besser zu fühlen, er hatte ein Mädchen gefunden, und nach einer Weile, als es ihm ziemlich gut ging, dachte auch er ans Heiraten. Der Arzt war aber nicht einverstanden. Er heiratete trotzdem, es gab nicht die Schwierigkeiten wie bei den Hochzeiten der anderen drei Kinder, wir hatten etwas mehr gespart, etwas gab es. Das Mädchen kannten wir schon ewig; sie war so richtig vom Land. Wir haben ihr alles erzählt über unseren Sohn, bevor sie heira-

90 teten: Paß auf, du nimmst dir einen kranken Mann und du mußt ihn das ganze Leben lang versorgen! Noch kannst du ihn verlassen; denn Worte sind eine Sache, Taten eine andere! Und sie hat geantwortet: Ich nehm ihn, auch wenn er am Tag danach sterben würd'! Sie haben geheiratet; und die Schwiegertochter hat den Platz ihres Mannes eingenommen, mit dem Mähdrescher ging sie das Gras mähen! Der Sohn fing an, immer ein bißchen mehr zu tun. Aber wie ich sagte, war es das letzte Jahr, wo wir das Land

91 hatten; wir haben meinen Sohn, der an der Piazza wohnte, gefragt, ob es eine kleine Wohnung zu verkaufen gab, und da haben wir eine gekauft. Nachdem sie sieben Jahre verheiratet waren, sagte die Schwiegertochter, die bei mir daheim wohnt, zu mir: Ich hab Beschwerden, soundso. Ich habe ihr gesagt: Für mich sind das Schwangerschaftsbeschwerden. Und es war wahr, nach siebenjähriger Ehe ist ein Mädchen geboren worden; es hatte nur ein Mädchen bei uns gefehlt, dann war alles da! Das waren …

92 die schönsten Tage unseres Lebens gewesen. Aber zufrieden war keiner. Wir sind an die Piazza in die Nähe von dem anderen Sohn gezogen, das Haus direkt nebenan. Wir fühlten uns wie die reichsten Menschen auf der Welt, aber wie ich gesagt habe, zufrieden war keiner! Mein Mann ging raus, um ein wenig spazieren zu gehen, er war zu Fuß. Da kam ein Auto sehr schnell und überfuhr ihn! Wir sind ins … ins … ins …

93 Unfallkrankenhaus von Bologna gefahren – aber das Auto hat ihm nicht nur einen Kratzer verpaßt, sondern sie haben ihn getötet. Denkt Euch, in was für einer Situation ich war; die Kinder gingen arbeiten, und ich mußte mit der Kleinen daheim bleiben! Man kann sich nicht vorstellen, wieviel ich geweint habe! Das Mädchen war 17 Monate alt. Wenn ich weinte, weinte sie auch, die Arme. Ich versuchte, die Kleine nicht sehen zu lassen, daß ich weinte.

94 Aber wenn das Weinen kommt, kommt es, und keiner kann es aufhalten! Ich nahm das Mädchen, ging raus; immerfort hin und her, stundenlang. Ab und zu schaute ich ins Haus, ob jemand da war, doch dieser Jemand wird nie und nimmer kommen!! Eines Tages hat eine Frau mich zu sich ins Haus gerufen, und überm Reden haben sie meine Gemütsverfassung erkannt, und sie laden mich immer noch zu sich nach Hause ein, ich hätt' nie gedacht, daß ich solche Leute finden würde,

95 wo ich in der Gegend neu bin! Ich erinnere mich, daß sie in einem Abstellraum arbeitete, der nur für die Arbeit da war. Denn wenn sie im Haus gewesen wäre, wo wir das Essen zubereiten, wär's nicht richtig gewesen, daß alle wissen, was du ißt oder nicht ißt. Ich war immer daheim mit dem

Mädchen, die Kinder bei der Arbeit. Auch wenn sie meinen Schmerz verstanden!! Sie versuchten, sich vor mir nichts anmerken oder ansehen zu lassen. Ich verstand auch so, daß es ihnen leid tat, mich so traurig zu sehen! Das Mädchen habe ich sogar

96 zur Kinderkrippe gebracht; sie war ganz und gar an mich gewöhnt, weil ihre Mutter arbeiten ging. Und in der Kinderkrippe weinte sie immer, sie wollte nur mich; »die Oma«. Eines Tages sagte die Schwester in der Krippe zu mir, ich soll sie zu Hause behalten, weil sie immer weinte und die anderen Kinder dann auch weinten; die Schwester fragte mich: Aber warum weint sie bloß immer? Ich habe ihr gesagt, daß sie weint, wenn ich auch weine. Ich wußte, daß es nicht richtig war, daß das Kind weint, weil

97 ich weine – aber das Weinen, wenn es kommt – wer hält es auf? Gott allein; und wenn man bedenkt, daß man an Kummer nicht stirbt! Du wirst schneller alt, als es normal wäre, du lei-

»Denn früher war's der Mann, der die Befehle gab! Die Frauen mußten die Kinder versorgen und basta! Es war aus dem Grund, warum die Frauen nie vorwärtskamen. So war's für alle Frauen: Arbeiten, essen und ab ins Bett! Und so haben sie nie ihre Gedanken ausdrükken können ... sie gaben sich mit sehr wenig zufrieden.«

dest, die Lust zu reden vergeht dir nach und nach. Dann habe ich das Kind ans Meer gebracht: Tennisschule, in die Berge, Ballettschule, ein bißchen überallhin, damit sie lernen konnte, mit Kindern zusammenzubleiben. Ich habe ihr das Schreiben beigebracht, beim Spielen mit Buntstiften und Papier,

98 und wir sind froh, weil sie so normal ist wie alle Mädchen der Welt. Ihr Vater war gesund, er ging in die Plastikfabrik arbeiten; ihre Mutter ist im Krankenhaus; und so dreht sich das Rad weiter. Später hat eine Enkelin von mir geheiratet, sie sagte zu mir: Oma, komm nicht in Schwarz, wenn ich heirate! Nein, ich werde mich blau anziehen, habe ich sie beruhigt. Sie hatte so ihre Ansprüche, weil sie Grundschullehrerin war, es gibt eben immer was, das einem am Herzen liegt;

99 Kurz danach hat sie geheiratet, sie hat einen jungen Mann genommen, der sie sehr, sehr liebt. Jetzt haben sie einen schönen, blonden Jungen mit lockigen Haaren mit Namen Stefano, ich bin seine

Urgroßmutter – wie schön. Mein ältester Sohn hat drei Kinder, die aus Mailand hat drei Mädchen, die aus Mirandola hat nur ein Mädchen; der, den ich daheim habe, hat nur ein Mädchen. Und ich bin wie eine Weinrebe ohne Baum: Weil wenn von den zweien einer stirbt; ist auch ein Stück, ein bißchen

100 ein Stück des Körpers von dem, der bleibt, gestorben. Es gibt keinen anderen Schmerz auf der Welt, als den Ehemann oder den Gefährten deines Lebens sterben zu sehen. Wenn Ihr auch diese Schriften meines Lebens lest, es gab noch viel mehr schreckliche Sachen; doch man stirbt nicht, solange deine Stunde nicht schlägt. Was du auch machst, alles ist ein Schwarz. Deshalb müssen wir uns damit abfinden, daß das Leben weitergeht, keiner nimmt dir den Schmerz ab oder das Leiden, und nicht allen fällt's leicht,

101 anderen glaubhaft zu machen, was man durchmachen kann; trotzdem ist das hier die Wahrheit! Und dabei fehlt noch einiges, so daß

man einen Vermittler bräuchte, um alles zu sagen, was du sagen möchtest. Doch viele Sachen kann man nicht sagen; daß ich haufenweise Elend mitgemacht habe, daß es an immer neuem nie gemangelt hat. Und dann: sicher sind das alles Sachen von mir und von meinem Mann; ich habe sie aufgeschrieben, damit die, die sie lesen, verstehen kön-

102 nen, wie das Leben von solchen Leuten war. Daß man nicht sagen könnte, ich würde diese Schriften nie lesen wollen; obwohl es nicht geht, ohne daß mir die Tränen runterlaufen. Es ist doch unsere Vergangenheit, seit der Zeit, als ich ein Kind von sechs Jahren war! Bis jetzt, wo ich sehr alt bin, ist vieles geschehen. Und immerzu ist noch mehr aufzuschreiben; wir hatten gedacht, daß wir eines Tages

103 50 Jahre Ehe feiern könnten: zusammen mit meinen Kindern, Enkeln und Urenkeln, zum ersten Mal in meinem Leben. Aber das Schicksal ist zu grausam mit uns gewesen! Warum so sehr leiden, was habe ich getan? Mehr als Gutes habe ich getan! Aber wenn dieser Spruch wahr ist, daß Gott die Guten für die Bösen straft, wer weiß denn dann, wie gut wir sind! Doch das Leben geht weiter, selbst wenn du dir den Schädel entzwei spalten wolltest, es wär

104 einerlei, du findest keinen, der dir sagen wird: Gut war's, daß du geweint hast, oder auch nicht; oder daß du so viel durchgemacht oder so viel gearbeitet hast! Du bleibst unbeachtet. Eine Ameise stellst du dar in der Welt! Und was also bist du jetzt, oder was geworden? Eine Spinnwebe, die an einem Faden hängt! Du wartest grad darauf, daß du dich ablöst, um ins Jenseits einzugehen! Dem Schicksal entgeht man nicht, und in Anbetracht von einem so

105 merkwürdigen Leben, was kannst du erwarten außer dem Tod? Und brauchst auch niemand! Aber die Zeit geht immer weiter; sie ist das Ehrlichste, was es gibt, dabei gäbe es so viel zu erzählen! Wenn ich aber in meiner Vergangenheit lese, kann ich kaum wahrhaben, daß ich alle diese schrecklichen, so wenig sympathischen Sachen erlebt habe. Oder immerfort mit meinem Mann und meinen Kindern gearbeitet habe. Und in den

106 traurigsten Momenten habe ich immer Menschen gefunden, die mich zu verstehen wußten – und Schritt für Schritt gab es viel Schreckliches in 50 Jahren Ehe –, bloß habe ich immer drauf gewartet, daß mich jemand nach meiner Vergangenheit, nach meiner Ehe fragen würde. Aber mir ist das nie möglich gewesen, weil wenn sie früher eine Frau mit jemandem sprechen sahen, bekam sie Tadel ohne Ende;

107 denn früher war's der Mann, der die Befehle gab, er war das Familienoberhaupt, und was der Mann sagte, galt für alle! Die Frauen mußten die Kinder versorgen und basta! Es war aus dem Grund, warum die Frauen nie vorwärtskamen. So war's für alle Frauen: Arbeiten, essen und ab ins Bett! Und so haben sie nie ihre Gedanken aus-

»Wer dieses Buch liest, wird's denk ich nicht vergessen wie ein Paar alte Schuhe, die man in die Mülltonne schmeißt. Die diese Schriften lesen werden, können verstehen, wie das Leben von bestimmten Leuten war.«

drücken können ... sie gaben sich mit sehr wenig zufrieden ...

108 Eines Tages ging mein Mann kurz raus; nach zwei Stunden ist einer gekommen, er hat gesagt, sind Sie Benatti? Ja, kommen Sie herein. Ich weiß aber nicht, wie ich es sagen soll; ich glaube, daß da jemand aus Dragoncello, ein Benatti überfahren worden ist, vielleicht der von der Pizzeria. Ich dachte sofort an meinen Mann. Und er war es; wir sind nach Bologna gefahren; nach drei Tagen starb er. Ihr könnt Euch meinen Seelenzustand vorstellen, ich hatte das Gefühl, als hinge ich an einem Faden ...

109 Wer weiß, was Ihr über meine Schriften denkt; ich hab sie aber für mich geschrieben und nicht, um jemanden zu kränken. Ich habe geschrieben, was immer das Herz mir vorschrieb: nichts als die Wahrheit. Dabei weiß ich, daß nur Schlimmes in diesen Schriften steht; wenn man sich das bloß ausdenkt, könnte man nicht einmal im Traum sowas schreiben; aber wer weiß, wie das Herz mir's eingibt, daß es eben hochheilige Wahrheiten sind, ich habe sie doch erlebt. Ver-

110 geßt nicht: Es gibt immer etwas im Leben, das du nicht getan hast. Wer dieses Buch liest, wird's denk ich nicht vergessen wie ein Paar alte Schuhe, die man in die Mülltonne schmeißt. Die diese Schriften lesen werden, können verstehen, wie das Leben von bestimmten Leuten war; daß es hart war für mich und meinen Mann; vielleicht, weil ich von früher, von vor 50 Jahren spreche. Man konnte nie sagen,

111 heute ist es nicht schlecht, da passierte dir gleich was Schwieriges. So Jahr für Jahr – mehr als 50 sind davon vergangen –, so Tröpfchen für Tröpfchen bin ich bis hierhin gekommen. Sicher, man muß fürwahr was tun, um nicht krank zu werden oder ein schlechtes Ende zu nehmen. Man weiß es nicht, wie ein Mensch sich verhalten soll, immer findest du jemand, der das Gegenteil tut von dem, was du machst; also machst du's, wie das Herz es dir vorschreibt.

112 Wer allein schafft, schafft für drei. Bestimmten Leuten muß man den Rücken kehren! Es lohnt sich nicht, für den zu leiden, der dich nicht liebt, obwohl du deine Pflicht tust! Wie kommt's, wenn du ein Unglück erlebt hast, und ich weiß davon, ohne daß die anderen es mir erzählen? Würdest du immer auf die anderen schauen, gingst du nicht mal Brot holen. Das Leben geht eben weiter, und keiner löscht aus, was du durchgemacht hast. Und doch, wenn man denkt, daß das Leben

113 Wenn man denkt, daß das Leben nur ein Schatten ist, der auf Erden vorüberzieht wie alles in der Welt, und sich wie das goldgelbe Blatt also dem Tode zuneigt! Wenn ich einen Schritt zurückgehe, was ist dann aber dieser Lauf des Lebens? Sie möchten sich amüsieren, ohne Kinder, wie bequem wäre das Leben; aber abtreiben zu wollen ist für mich wie einen Menschen töten. Wenn du doch ein zwei Jahre altes Kind hast

114 und sie sagen dir, du sollst es töten, dann würdest du verrückt werden!!! Für mich hat das den gleichen Wert: es ist immer ein menschliches Wesen, das am Aufblühen ist, warum es so wegreißen? Es ist immer dein Kind, wie das mit zwei Jahren. Tut es nicht, Mütter! Ihr werdet sagen, aber weißt du nicht, daß Kinder Opfer bedeuten? Das weiß ich nur zu gut, ich habe selbst damals acht Kinder gehabt, und was hätte ich tun sollen, wo's dazu so wenig zu essen gab! Ich hab mit 16 Jahren geheiratet;

115 und es sind viele Kinder gekommen!!! Nie an Abtreibung gedacht! Ich habe von meinen Kindern eins mit 16 Jahren geboren, eins mit 18 Jahren, eins mit 21 Jahren, eins mit 23 Jahren; zwei Zwillinge mit 25 Jahren, eins mit 42 Jahren; eine Arbeit zum Verrücktwerden, trotzdem hab ich nie daran gedacht, abtreiben zu müssen! Obwohl es ziemlich schlecht ging! Und mit Entbehrungen, wie ich sie niemandem gewünscht hätte;

116 eines schrecklichen Tages habe ich sie dann doch für nichts weggegeben: Eines ist mit sechs Monaten und eines mit neun Monaten gestorben, was sollte ich machen? Ich hatte immerhin keine Gewissensbisse! Wenn ich auch nur einen Tag daran gedacht hätte, sie loszuwerden, dann hätte ich es ja verdient; aber ich habe nie an so etwas gedacht. Es ist nicht richtig, daß man solche Sachen machen kann! Für mich ist das so; vielleicht bin ich im Unrecht, vielleicht auch nicht, ich weiß es nicht;

117 jetzt weiß ich nicht, wie wir sind, sagen wir so – wo die Tränen der Liebe enden werden! Wer weiß es? Wer weiß es?! Niemand weiß es ... Niemand weiß es! Wer weiß, was man schreiben müßte, um alles zu sagen, was du im Herzen trägst! Es gelingt dir nicht mal, wenn du dein ganzes Leben schreibst. Vielleicht werden es die Jungen sonst nicht glauben, aber diese Schriften auf diesem großen Laken,

118 das ist kein Schreiben aus der Phantasie, sondern über lauter erlebte Sachen, unter vielen Entbehrungen durchlebt: Wenig Geld, noch weniger, um sich zu kleiden! Ich ging zu den Padroni ins

»Wenn du arbeiten wolltest für das bißchen da, bitte; andernfalls fand er jemanden, der für weniger arbeiten ging, und darum hatten die Padroni viel etc. etc. etc. ... und du hattest nichts etc. etc. etc. ...«

Haus, um bestimmte Arbeiten für sie zu machen, und sie gaben mir manches kaputte Hemd; oder ein Paar alte Hosen, und wie froh war ich! Ich habe sie ausgebessert, und wie! Doch ich habe fast mein ganzes Leben mit so vielen schrecklichen Sachen verbracht, daß ich nicht zurück wollte; auch wenn …

119 man wieder jung wäre. Schon allein daran zu denken, daß ich nie etwas für meine Kinder hatte; und wenig, um ihnen zu helfen, wenn sie krank waren! Alle Familien waren so; sagt nicht, weil wir unterentwickelt waren; oder zurückgeblieben. Wenn du arbeiten wolltest für das bißchen da, bitte; andernfalls fand er jemanden, der für weniger arbeiten ging, und darum hatten die Padroni viel etc. etc. etc. … und du hattest nichts etc. etc. etc. …

120 Es gab vieles, wo's besser wäre, sich nicht einmal daran zu erinnern. Damals war man wie die Schafe: man blieb im Gatter! Jetzt haben sie zuviel von allem; und wir, trotzdem wir so wenig hatten, wir waren beileibe keine Tiere! Wir waren gute Leute: mit großem Arbeitswillen – und Ehrlichkeit war alles –, jedoch sind wir mehr als 50 Jahre lang im Dienste der Padroni gewesen, also mehr als die Hälfte unseres Lebens, und das ist nicht wenig! Und wenn man den Padrone

121 getroffen hat, war's eine wichtige Sache, weil er dir Arbeit gab! Dabei brauchte es so wenig, um die Arbeiter liebzugewinnen: Ein Lächeln genügte, und gleich arbeiteten sie mehr, sieh mal an, entweder wegen der Arbeiter oder wegen des Padrone; wie viele Tote hat's gegeben, besonders in den Fabriken! Warum kommen wir zu keinem Ende, ohne daß es wieder Tote gibt? ...

122 Man stirbt sowieso von selbst; wenn einer gestorben ist, ist alles vorbei. Wenn man denkt, daß die Krankenhäuser voll mit kranken Leuten sind; und wieviel die Professoren, Ärzte und Krankenpfleger tun, wieviel sie tun, was sie alles machen, um sie gesund zu kriegen; man kann doch nicht sterben wie ein Hund. Daß das Gefühl, wenn einer aus deiner Familie stirbt, sehr – sehr – schlimm ist, das kann nur der beurteilen, der's empfunden hat – denn mir, mir haben sie meinen Mann getötet …

123 Wenn ich dran denke, daß ich ihn nicht mehr sehen werde, schlafe ich nicht. Ständig die Augen auf, warte ich auf das, was nie und nimmer geschehen wird!!! Besser, wenn du nicht denkst, daß du die wichtigste Person in meinem Leben verlieren kannst, meinen Mann, daß ich doch jetzt eine Weinrebe ohne Baum bin!!! Wer weiß, was man für seine Familienangehörigen fühlt: Sprechen wir nicht mehr davon – Nur der Herrgott gibt dir Kraft, nicht zu sterben!

124 Man muß im Kopf immerfort zurückgehen, weil man die Traurigkeiten nie vergißt! Wenn ich aber einen Schritt zurückgehe oder ein paar dutzend Jahre, die man auch nicht vergessen kann, erinnere ich mich, daß ich früher in einem alten Haus wohnte – da waren Löcher im Fußboden, durch die man mit den Füßen durchtreten konnte;

unsere Kinder schliefen trotzdem dort! Im Winter rief ich morgens die Kinder, damit sie in den Stall gingen

125 sich aufwärmen, weil sie in der Nacht so kalt geworden waren; damals hingen dicke Eiszapfen an den Dächern; und eine Kälte, wie ich sie nicht beschreiben kann. Mein Mann wollte den Fußboden reparieren und die Fenster gleich mit, die alle kaputt waren. Es gab aber keine Bretter; also hat er einen Eimer genommen oder einen Kanister für Petroleum, und Fußboden und Fenster repariert. Aber das Leben war für alle arm,

126 und kaum Holz dazu, sich zu wärmen, zumal im Winter! Damals gab's auf den Feldern Pflanzen; doch bestimmte Teile verfaulten, die wurden »sgarbatei«, die trockenen Äste, genannt. Für die Pflanzen war es gut, die wegzureißen. Mein Mann fragte den Padrone, ob er sie ihn sammeln ließ: Er hat ihm »ja« gesagt. So ist er im Winter aufs Feld gegangen, sie holen. Sie waren voller Wasser; und brannten nicht …

127 Denkt Euch, was für ein Rauch, man konnte nicht im Haus bleiben! Mit kräftigem Pusten, und mit einem Ästchen, ganz langsam entzündete sich's ... Ich weiß nicht, wieso ich kein Asthma bekommen habe! Und die Kinder atmeten den Atem der Kühe; vom Stall gingen sie nicht hin und zurück, weil sie sich bei dem ganzen Schnee die Füße naß machten; es fiel so viel Schnee, daß wir ihn von den Häusern schaufelten, weil wir Angst hatten, daß es zusammenbricht;

128 wenn ich daran denke, was es heute alles gibt, schaudere ich, wenn ich überlege, daß meine Kinder nie das Geringste gehabt haben von dem, was es heute gibt! Aber warum dieser große Unterschied? Wenn es denn wahr ist, daß Gott alle Dinge gleich geschaffen hat, warum gibt es nicht mehr davon? Lies ruhig, was auf diesem »Laken-Buch« geschrieben steht, auch wenn es schlecht geschrieben ist; ich hab es nachts geschrieben! Wie ich schon sagte, schlafe ich nicht.

129 Kaum daß mir viele Sachen aus meinem oder

unserem Leben einfallen, schreib ich sie auf. Sicher, auch wenn du vieles davon aufschreibst, bleibt mancherlei auf der Strecke; aber was nutzt das Schreiben, wenn's niemand anschaut oder liest? Dabei sind diese Schriften wahr, wo ich doch vor langer Zeit angefangen habe, sie aufzuschreiben, nach dem Tod meines Mannes, der im Jahr 1972 gestorben ist! Also habe ich all mein Leiden hier auf diesem »Laken-Buch« stehn!!!

130 Wenn der Wecker klingelt, mach ich die Augen auf, schau aus dem Fenster, sehe nur den grauen Himmel: Ich seh ein trübes, trübes Licht, das mir einen Tag wie den anderen zeigt und mir eine Grimasse zieht; ich beginne meinen Tag mit dem üblichen Trott; werde darüber immer älter. Ich bin sehr traurig, ich habe gar keine Lust, was zu machen, das hätte ich nie gedacht. Ich koche mir eilig Kaffee …

131 wie als ich jung war; damals hatte das einen Grund. Du mußtest woandershin arbeiten gehen, aber jetzt, was hat das für einen Sinn, wo du alleine zu Hause bist und arbeitest? Es ist nur so, daß ich ans Arbeiten gewöhnt bin, daß ich immer Angst habe, zu spät dran zu sein, auch bei der Hausarbeit. Aber leider muß man die Ruhe bewahren; dabei ist man's so gewöhnt, und sich ändern ist nicht leicht. Wenn wir denken würden …

132 daß der Herr acht Tage gebraucht hat, um eine Woche zu erschaffen! Es gibt immer etwas im Leben, was du nicht gemacht hast, und das sticht. Ich habe nie einen Geburtstag gefeiert; es fehlten sechs Monate, dann wären die schönen 50 Jahre Ehe voll gewesen, man könnte zum ersten Mal im Leben feiern; aber das Schicksal ist mit uns zu grausam gewesen, und also, was sollen wir machen, wenn nicht …?

133 Der 12. März ist der schlimmste Tag in meinem Leben gewesen. Der Tag, an dem sie mir meinen Mann getötet haben! Er ging auf die Straße, um spazieren zu gehen, ein Auto kam, so schnell es ging, mit Vollgas. Hat ihn überfahren, sie haben ihn nicht nur gestreift, sie haben ihn getötet. Was

»Außerdem, was nutzt es, immer in Angst zu sein; die Angst verhindert, daß man die Liebe sieht.«

soll ich machen, wenn nicht Tränen vergießen??? So sehr hast Du gelitten, Dich gequält, so sehr Deine Familie geliebt: was ist das Resultat!?! …

134 Ein Resultat muß es doch haben, gerade dann, wenn du am Sterben bist! Betrachte mal dein ganzes Tun: Und wo muß man enden? Leider, eines schlimmen Tages werden auch wir zusammenbrechen – gemeinsam mit unseren Lieben: Wie traurig ist doch das Leben! Wie sehr hätte mir's gefallen, Blutspenderin zu sein; aber da ich Mutter gewesen bin und viele Kinder gehabt habe und fast alle gestillt,

135 konnte ich kein Blut spenden, weil das die Milch war, die ich meinen Kindern gab. Außerdem sprach man früher wenig über Blutspender; oder weil ich nicht auf dem laufenden war. Ich würd's auch jetzt noch spenden, aber weil ich alt bin, kann man's nicht – ich bin 72 Jahre alt –; mein Blut kann womöglich schon noch gelten, weil ich bis jetzt keine Krankheit habe; ich kann Gott dafür danken, sooft ich will.

136 Also wenn's Leute gibt, die den Kranken helfen können, das ist die schönste Sache, die man machen kann im Leben. Wenn wir wüßten oder denken könnten, daß wir, wenn wir krank sind, Leute finden, die dich pflegen, dich zudecken, dir zu Trinken geben, ist es eine große Freude. Ich habe so viele Spritzen gegeben, und für nichts, ich würde, ich würde sie noch weiter geben; aber in meinem Alter, was erwartet mich ...

137 wenn nicht der Tod?! Außerdem, was nutzt es, immer in Angst zu sein; die Angst verhindert, daß man die Liebe sieht. Ich bin nie oder wenig glücklich gewesen, und außerdem bin ich alt, ich kann vom Leben nichts mehr erwarten, ich bin immer in Angst, warum??? Weil ich alles mögliche erlebt habe: Glücklich zu sein ist nicht leicht. Ich fühle mich sehr alt, ich habe immer auf dem Land gelebt,

138 mein Leben ist sehr ermüdend gewesen und hart. Zusammen mit meinem Mann. Wir haben uns sehr geliebt, ich bin fast plötzlich Witwe ge-

worden, ich fühle mich leer, am Ende. Nutzlos bringe ich meine Tage mit Weinen zu. Nie hätte ich gedacht, daß wir uns nach 50 Jahren Ehe so trennen würden. Nachts schreibe ich alle meine Traurigkeiten auf, weil ich wenig schlafe; wie eben ein Mensch, wenn er Kummer hat ...

139 Die Nacht ist die Zeit der Einsamkeit: der Augenblick der Wahrheit und der Augenblick oder die Stunde der Erinnerungen. Wer keinen Kummer hat, kann solche Dinge nicht verstehen; wir sind aber in einer Welt, wo alle Kummer haben. Mehr als früher, bei all den Unfällen, die es gibt. Sie sterben fast mehr an Unfällen als an Krankheiten. Hierüber gibt's so viel zu sagen, daß man immer noch einen Schritt zurückgehen muß.

140 Die Armut von damals; wieviel Armut gab es früher, wenig von allem. Wenig Brot, wenig zum Anziehen, man hat fast nur Polenta gegessen. Gewaschen hat man mit Aschenlauge, aus der Asche von verbranntem Holz gemacht; man hat sie in den Kupfertopf reingegeben, wenn es kochte; und man hat etwas Wasser dazugetan, damit sie sich absetzen konnte; das war die Aschenlauge für jeden Tag – für die Wäsche, Bettlaken etc. Es war anders, damals …

141 Wir waren aber so beengt, daß es auch Läuse gab. Als Bett hatten wir Matratzen, gefüllt mit »cartocci«, den Blättern der Maiskolben, im Haus nur ein Zimmer; die Tische, die Betten, Tisch, Stühle und die Feuerstelle; wenig oder nichts an Möbeln; der Küchenschrank; das Nudelbrett für den Teig; es war aber auch wirklich wenig da, damals war es bei allen Armen so. Wir dachten, uns geht es gut: es gab, was es gab und basta!!

142 Einmal brauchten wir den Doktor, er ist gekommen; wir waren aber so beengt, daß wir in einem kleinen Bett vier Kinder hatten. Drum sagte der Doktor: Was ist denn das für ein Melonenfeld? – Man sah nur Köpfe. Da waren rabenschwarze Balken, aber vom Weißen wollte der Padrone nichts wissen; im Licht der Lampe oder

der Kerze häufte sich wer weiß wieviel Armut, daß man's nicht mal schreiben oder sagen könnte!!!

143 Hinter dem Haus ein Klo, das war ein Loch in der Erde, umgeben von Maiskolben. Die Zimmer waren klein, niedrig, und die Fenster wie die im Hühnerstall. Dann, weil es so beengt war, liefen die Flöhe über den Boden; man verschüttete Wasser und Kreolin oder Lysoform. Dann gab es Läuse. Weil man in den Ställen Lotto spielte, drum gab's die Läuse. Wer sie nicht hatte

144 steckte sich an, weil er neben jemand stand, der sie hatte. Und einige mußten ihre Haare abschneiden; und die Mädchen weinten, weil sie ohne Haare ausgelacht wurden. Sie legten ein bißchen Petroleum und ein Kopftuch um den Kopf; so war es fast bei allen, daß man diese Misere besser gar nicht aufschreiben sollte. Die Mütter versuchten ihr Bestes, es gab aber wenig zu desinfizieren, Chlor...

145 Es gibt so viele Sachen zu erzählen, ich schreibe sie auf, wie sie mir einfallen. Wirklich wahr, wer die Gelegenheit haben wird, zu sehen oder meine Bücher zu lesen: Erst dann werden sie verstehen, wer ich war, wer ich bin oder was ich im Leben getan habe. Zuallererst viel Gutes den Kranken, mit Liebe; ohne Anspruch auf irgendwas: Das ist meine Stärke gewesen!! Alles andere werdet Ihr in meinen Büchern lesen; wo ich 15 Kilo beschriebenes Papier habe!

146 Alsdann werde ich Euch ein Stückchen aus meinem Leben erzählen: Als ich acht Jahre alt war, gingen wir auf die Wiese, mit den Kälbern des Padrone zur Weide, morgens früh im Herbst. Wir gingen barfuß, um die Holzschuhe zu schonen: bei einem eisigen Tau, daß die Füße froren. Um sie zu wärmen, haben wir, wenn eine Kuh Aa machte, haben wir uns mit den Füßen da reingestellt, um sie uns zu wärmen. Ich zuerst, dann meine Brüder,

147 dann meine Vettern. Daß er uns auf diese Weide schickte, war mit im Lohn meines Vaters.

Und wir zogen die Holzschuhe wieder an, wenn wir mit den Kälbern von der Weide heimgingen; dabei ein Nebel und eine Kälte!!! Vielleicht werden es wenige glauben, es ist aber wahr! Denn von denen, die auf die Weide gingen, sind wir noch zu viert geblieben. Ich nenne Euch die Namen: ICH, Clelia; mein Vetter Walter Pellacani und Nella – der andere ist Guido Rossi, der Mittler …

148 So sind es doch hochheilige Wahrheiten! Es gäbe so viel zu sagen, daß man nicht mal Zeit hätt' zu sterben: Den Schmerz im Herzen, die Erinnerungen, die Traurigkeiten, das Leiden vergißt man eben nie! Und nie!! Aber wenn wir denken würden, was das Leben ist, es ist nur ein Schatten, der auf Erden vorüberzieht; und nichts anderes! Arbeiten, leiden; jedoch auch lieben. Denn wenn ich nichts zu lieben hätte, könnte man genausogut krepieren; ich erst, wo ich so viel geliebt habe!!!

149 Dabei muß man immerfort einen Schritt zurückgehen; von den Hosen mit den Flicken erzäh-

»Aber wenn wir denken würden, was das Leben ist, es ist nur ein Schatten, der auf Erden vorüberzieht; und nichts anderes! Arbeiten, leiden; jedoch auch lieben. Denn wenn ich nichts zu lieben hätte, könnte man genausogut krepieren; ich erst, wo ich so viel geliebt habe!!!«

len. Alle Hosen hatten doch Flicken, und dazu aus verschiedenen Farben, daß vor lauter Flicken nur der Bund übrigblieb, seitdem sie sie neu gekauft hatten; und der Rest war alles ein Flicken. Zuerst am Knie, weil das die Stelle war, wo sie sich mit den Schaufeln oder mit Spaten am meisten abstützten, und sie gingen immer mehr ... immer mehr ... kaputt.

150 Dann gingen sie am Hintern kaputt, daß man sie flicken mußte. Man setzte das Hinterteil oder den Stoff aber rundgeschnitten drauf, weil wenn du eckige draufmachtest und die Ecken nicht gut wurden, lachten die anderen Frauen. Weil wer keine Flicken aufnähen konnte, wurde den Nichtsnutzen zugerechnet, auch wenn sie andere Sachen konnten. Als nächstes gingen die Taschen kaputt, weil sie ewig das Taschentuch für die Nase rauszogen; und so waren die auszubessern ...

151 Und auch wenn die Hosen gar nicht mehr gingen, behielten wir sie und benutzten sie, wenn wir im Frühling die Weinreben gossen; oder zogen sie an, um die Zuckerrüben zu lichten, dabei hatte man den Rücken weit nach unten gebeugt, und die Frauen schämten sich, wenn man ein Stück Bein sah. Bei der Jacke gingen die Ärmel am Ellenbogen kaputt, und auch da mußte man Flikken draufsetzen; vorne an der Jacke ...

152 waren die Knopfleisten bei den Knöpfen alle ausgefranst, und man mußte sie säumen mit dem, was man hatte. Und der Kragen von der Jacke (Giachet genannt) mußte gewendet werden, weil er ebenfalls ganz kaputt war. Das Hemd war auch auf den Schultern kaputt, weil sie schwitzten. – Dies war die Ehre, arbeiten, schwitzen, und bei zwei Hemden mußte man schon überlegen, wie man's machen sollte, sie dem Mann zu wechseln; auwei, auwei, auwei!!!

153 Und dann die Strümpfe in vielen Farben, und auch sie voller Flicken, weil man bei den Holzschuhen viele Strümpfe zum Kaputtmachen brauchte. Die Frauen hatten sogar Flicken unter den Armen. Und vorne: die Schürzen! Oft zogen sie Schürzen an, die aus Säcken gemacht waren! Und die Kinder Höschen aus Lumpenresten, die Armen! Man müßte doch die Alten fragen, was für ein armes Leben wir durchzustehen hatten!

154 Um noch was zu sparen, konnten wir sogar Pantoffeln selbst machen. Sie wurden unten aus Reifen gemacht, die abgenutzt waren und obendrauf ein Stoffläppchen, mit Wasser und Mehl festgeklebt. Dann ging's zum Schuster, fragen, ob er uns eine Prise Nägelchen geben könnte. Bloß um sparen zu helfen, wollten wir noch die Pantoffeln aus Lumpen machen! Man hat gelernt, an allem zu sparen …

155 und jede Zeile ist eine Geschichte: Also einmal im Jahr, es war gegen Ostern, putzte man auch unter der Kaminhaube, was während des Jahres schwierig zu machen war. Man nahm also die Feuerkette, die mit solchen Ringen, so: 
Dann band man sie mit einem Draht zusammen und ließ sie von den Kindern durch die Straßen

ziehen, weil sie so verstaubt war. Ab und zu machten sie sie mit Wasser naß,

156 und sie glänzte davon wie neu. Und für die Kinder war sie ein Spielzeug. Inzwischen putzten die Mütter das Kupfer; sie brachten alles Kupfer, das sie hatten, nach draußen. Dann mischte man Essig, Salz und gelbes Mehl; es wurde »al blet« genannt. Damit wurde das Kupfer geputzt. Anschließend polierte man's, und es wurde schöner als neu! Auch die Feuerstelle wurde mit einem roten Stein saubergemacht.

157 Es gab aber wenig Kupfer zum Saubermachen. Man reinigte die Schere der Männer, die für die Weinreben, die Sichel, »Falson« genannt; dann hängten wir sie an die Wand. Wir schauten sie an, als wären's kostbare Sachen, und sie waren doch auch kostbar, weil sie für unsere Arbeit da waren; und wir hatten sie auch lieb. Würden wir das den jungen Leuten sagen, sie würden lachen ohne Ende!! Doch wie viele Erinnerungen haben wir Alten!

158 Man putzte den Kamin, der das liebste Stück der Frauen war, dann die Feuerböcke, die aus Messing waren; dann die Kohlenschaufel, die Feuerzangen, das Schüreisen, das Dreibein, den Bratrost. Dann mußte man noch die Sachen auf dem Kamin putzen, da war das Salz, der Stampfer fürs Salz, die Streichhölzer; und auch wenn sie nur wenig schmutzig waren!! Trotzdem mußte dort alles saubergemacht werden, weil der Staub vom Feuer und vom Holz kam; das war also unsere Sache.

159 Wenn man die Kinder allein zu Hause ließ, passierten allerlei Sachen! Eines Morgens sagte meine Mamma: Kinder, ich geh' auf den Markt, rührt nichts an, damit euch nichts Schlimmes passiert! Als meine Mutter weg war, sind wir drei Kinder allein zu Hause gewesen: ich neun Jahre alt, der eine Bruder zehn und der andere zwölf. Der Zwölfjährige ist auf den Getreidespeicher gestiegen, wo meine Mutter die Glucken,

160 Puten und Enten zum Brüten hielt; hatte man Masthähne, mußte man die dem Padrone zu Ernte-

dank geben. Wie ich schon sagte, ist er, mein Bruder, in den Getreidespeicher gegangen und hat alle Eier vertauscht: die von der Ente mit denen der Glucken, die von den Puten mit denen der Gänse und Perlhühner, wovon sie ziemlich viele hatte, weil sie einige davon und auch eine Menge Eier dem Padrone geben sollte.

161 Er ist mit mir vom Getreidespeicher nach unten gekommen, nachdem er die Glucken verschreckt verlassen hatte. Draußen waren die jungen Truthähne; sie piepsten, weil ihnen kalt war. Es gab da draußen ein bißchen Sand, und die Truthähnchen machten piu, piu. Er meinte, daß sie wohl unter den Sand kriechen wollten: Sie sagen piu, piu, in den Sand, Sand, und da hat er sie in den Sand gesteckt, mit dem Kopf nach draußen.

162 Der Zehnjährige hat Weißmehl genommen und es dann aufs Nudelbrett getan, weil er sagte, daß er unserer Mama Pinsin machen wollte, wenn sie nach Hause käme. Er hat angefangen, Wasser, Salz und Mehl zu verkneten, dann hat er Stücke daraus gemacht und die Pfanne, die an der Feuerkette befestigt war, auf den Herd gesetzt; dann hat er ein Stück Teig reingetan; und kein Fett in der Pfanne! Zu mir hat er gesagt: Bleib hier! Alles in allem waren wir klein ...

163 Er hat die Pfanne auf den Herd mit dem Feuer gesetzt; die Pfanne fing so an zu qualmen, daß es aussah, als ob das Haus brennen würde. Meine Mutter ist heimgekommen, hat die Truthähne im Sand stecken sehen; wie sie in die Wohnung geht, war da ein Qualm, daß es aussah, als ob das ganze Haus in Flammen steht; sie hört die Glucken schreien; also ist sie nachsehen gegangen, hat alle Eier miteinander vertauscht gefunden, die, die am Ausbrüten waren und die, die fast am Schlüpfen waren; wer weiß, wer weiß!

164 Und sie hat sie in ihrer Engelsgeduld genommen und hat jedes wieder an seine Stelle gelegt. Sie waren aber zu sehr durchgerüttelt, so daß viele gesprungen sind, und viele sind nicht zur Welt gekommen; und viele sind kalt geworden. Sie hat sie also irgendwie in Ordnung gebracht, mit Liebe. Und so sagen wir's doch, dieses Sprichwort – weil es wahr ist, daß wenn die Mutter oder die Hausfrau von daheim weggeht, ist da mehr, was sie verliert, als was sie verdient: Ist es so oder nicht?!

165 Man muß immerfort in Gedanken oder im Geist zurückgehen; damals, als wir gefirmt wurden oder die Kommunion empfingen, gab es nicht viele Sachen. Wer einen Jungen oder ein Mädchen zur Kommunion führte, wer ihnen einen Kuchenkranz kaufen konnte, der breit und dünn war, daß das Kind ihn um den Hals legte, war's das schönste Geschenk, das sie machen konnten. Und denen, die's nicht konnten, blieb immer die gleiche Bitterkeit. Es war deshalb, weil sie kein Geld hatten …

166 Sie verkauften sie vor der Kirche auf einem großen Bänkchen; und wie viele Kinder hatten keine, obwohl sie auch in Scheiben verkauft wurden! Manche Kinder weinten; sie wußten doch nicht, daß das darum so war, weil sie kein Geld hatten. Auch für die war's nicht schön, die sie zur Firmung führten; aber die Kinder vergaßen das nie! Nicht einmal für die Heilige Firmung haben sie eine Scheibe von dem Kuchenkranz geschenkt bekommen …

167 Wenn man bedenkt, daß die Heilige Firmung nur einmal im Leben kommt; und für die Mütter?? Für die, die den Kuchenkranz hatte, war es schön; aber für den, der ihn nicht hatte, war es nicht schön! Es ist nicht angenehm, sich an solche Sachen zu erinnern, weil das Schöne; alles schön und gut!! Aber für die Armen …!!! Besser, wir beenden dieses Thema; dabei sind es wahre Sachen von vor vielen Jahren: Ich habe sie doch gesehen, lang und breit erlebt …

168 Wie viele Sachen muß man erleiden, bevor man stirbt. Wenn es Gott nicht gäbe, der dir hilft, alles durchzustehen, müßte man krepieren. Es war schlimm für die Kinder, weil sie doch nicht verstanden, daß sie das Geld nicht haben. Ich hätte nie gesagt, daß man zu einem solchen Überfluß

»Wenn die Räder des Karren pfeifen würden, wenn das Maultier schreien, der Rechen singen würd, wenn die Hacke sprechen könnt, wer weiß, was sie alles zu erzählen hätten; die Heugabel mault, weil sie immer in der Erde steckt.«

kommen sollte, so daß es von allem zuviel gibt. Ich wünsche es mir, daß dieser Überfluß andauert; aber wer weiß, wer weiß, wie's sein wird ...

169 Wo ich gerade von damals spreche: Wenn ich an die Zeit vor 42 Jahren zurückdenke! Eine wahre Sache, ein bißchen heikel: Ich spreche immer noch von meinem Mann, daß er so sehr arm gewesen ist. Er bat um Almosen; wenn es ihm später ein bißchen gut ging, tat's ihm leid für den, dem's schlecht ging; er hätte ihm auch das noch gegeben, was seins war. Eines Tages war er auf dem Land bei einem Padrone;

170 aber an diesem Tag war nur mein Mann da; und der Padrone hat die anderen Arbeiter woanders hingeschickt. Wenn der Padrone eine Arbeit für einen allein hatte, schickte er immer meinen Mann, weil er sehr gut und genau war. Er schickte immer meinen Mann! Aber die Tage sind nicht alle gleich, es gibt immer Unvorhergesehenes; es gibt immer ein Warum.

171 Weil er oft alleine arbeiten ging, hatte er sich angewöhnt, nicht einmal hinter sich zu schauen. Eines Tages, während er dabei war, ein Stück Boden umzugraben, hörte er plötzlich rufen: Ham, ham, bitte geben Sie mir eine Traube, um sie zum Brot zu essen; wir haben nichts. Mein Mann hat sich umgedreht, es waren zwei Kinder, die in die Schule gingen. Mein Mann hat ihnen

172 eine Traube für jedes gegeben, und diese zwei Kinder freuten sich wie verrückt. Aber das Schicksal ist zu grausam: Der Padrone ist gekommen, er hat den Kindern die Trauben weggenommen! Dann hat er meinen Mann ausgeschimpft: Recht ist, daß man seine eigenen Sachen weggibt, nicht die der anderen! Mein Mann hat gesagt, wenn ich was Falsches gemacht habe, dann zieh nur eine Stunde ab! Wenn ich sie für mich genommen hätte, aber ich hab sie für die zwei Kinder genommen ...

173 Dabei hätten meine Kinder auch davon gegessen, stattdessen wußten sie nicht mal, ob es

Trauben das ganze Jahr über gab, die Ärmsten! Es war kein Geld da, um Trauben zu kaufen; man hat besser Brot gekauft. In dem Augenblick hat der Padrone ihn angeguckt und hat kein Wort mehr gesagt, weil er gerade dachte, daß er die Trauben zwei Kindern weggenommen hatte, die vielleicht genauso arm waren, wie die …

174 von seinem Arbeiter. Wenn man denkt, daß er so wenig brauchte, um sich bei den Arbeitern beliebt zu machen. Es reichte ein kleines Lächeln, daß man mehr arbeitete; doch damals waren die Padroni etwas arg streng! Auf der anderen Seite gab's aber keinen anderen Weg; so haben die Padroni verstanden, daß die Arbeiter anständige Leute waren, sie wollten arbeiten, geliebt sein. Diese Leute. Das war alles.

175 Traurige Erinnerungen in Dialekt, aber wahr: Wenn ich umherwander, wenn ich an den Häusern vorbeigeh, schau ich sie mir ganz eifrig an, weil's mir so vorkommt, als wenn ich meine Gerätschaften seh'n würd: Ich seh 'n Karren mit 'nem Maultier angebunden, die Hacke, die Heugabel, den Rechen, den ich immer bei mir hatte, wie 'nen Bruder; wenn ich eine Sichel seh, zum Mähen, war's das, was mir Arbeit gab, es war das da …

176 mit mei'm Mann, der alle Tag Gras mähte: Er schnitt's, und ich rechte hinter ihm her, und so arbeiteten wir immer! Wenn die Räder vom Karren pfeifen würden, wenn das Maultier schreien, der Rechen singen würd, wenn die Hacke sprechen könnt, wer weiß, was sie alles zu erzählen hätten; die Heugabel mault, weil sie immer in der Erde steckt. Sich an all das Zeug zu erinnern, das ist schon eine Enttäuschung,

177 weil man's nicht umkehr'n kann. Wahrhaftig, wer weiß, was der sagen wird, der es liest? Aber meine lieben Leut, das alles ist 50 Jahre lang so gegangen, und ich hab's nicht vergessen. Ich weiß, daß es eine Enttäuschung ist; weil ich einen Kloß im Hals stecken hab, wenn ich dieses Zeug wiederhole. Und wieder spür ich diesen Kloß, ja, weil außer dem allen hab ich auch noch den Mann verlor'n,

178 und den Mann verlieren heißt viel, das heißt viel, ja – damit will ich sagen, daß das Leben eine Enttäuschung ist, daß es aus lauter Wegreißen und Klößen im Hals besteht. Leider hab ich so viel mitgemacht, daß ich den Kram von vor vielen Jahren nie vergessen werd; für jetzt reicht's damit, und hier endet alles. Hier …

179 liebe Leute, müßt Ihr entschuldigen, wenn ich ein Stück freigelassen habe; aber nicht, weil ich nichts mehr zu erzählen habe; ich hab ein paar von meinen Gedichten aufschreiben wollen, wie mein Herz sie mir eingab. Hier gibt es eins für jedes kleine Quadrat. Fühlt Euch nicht beleidigt, weil ich nur bis zur 2. Klasse in die Schule gegangen bin …

180 ich bin eine Oma, die 72 Jahre alt bin. Wie man weiß, weiß man wenig, wenn man nur kurz

in die Schule geht! Wenn Ihr noch mehr Erklärungen haben wollt: Kommt mich besuchen, denn ich habe 15 Kilo beschriebenes Papier, weil ich in 1972 angefangen habe zu schreiben, nach dem Tode meines Mannes! Je trauriger ich bin, desto mehr muß ich schreiben; wenn auch schlecht. Das da.

181 Traurig zu sein ist nicht schwer. Aber es kümmert mich nicht, daß die Traurigkeit mich immer begleitet hat; denn im Grunde habe ich viel Freude gehabt. Man sagt zu mir, daß ich merkwürdig bin, aber an Wahrhaftigkeit fehlt's mir nie; ich wünsche mir bestimmte Sachen, die ich nie haben werde!!! Nie! Ich wünsche mir, daß bestimmte Leute mit mir sprechen würden …

182 daß sie zu mir wenigstens ciao sagen würden! Jeder; Kinder, Jugendliche, Gelehrte: daß sie wenigstens ciao zu mir sagen würden!!! Fast kommt mir der Gedanke, zu sagen, es wird meine Traurigkeit gewesen sein, die mir die Kraft gegeben hat, viele Sachen aufzuschreiben, ohne müde zu werden, auch wenn ich schlecht schreibe! Es gibt etwas, das mir hilft, auf dem Weg zu bleiben …

183 denn kein Blatt bewegt sich, ohne daß Gott nicht davon weiß! Meine Traurigkeit wird wachsen wie meine Lust, zu schreiben, meine ganze Vergangenheit aufzuschreiben, obwohl ich doch auch wenig angenehme Sachen geschrieben habe! Ich habe ein Buch von fünf Kilo geschrieben: Was nutzt es??? Ich habe viel geschrieben, viel gedacht und auch viel geliebt: Was ist das Resultat???

184 Nur daß es mir leid tut, zu sterben; weil ich von bestimmten Leuten nicht verstanden wurde, von denen ich es geglaubt habe. Und sie können mich, mein Wesen, meine Freundlichkeit nicht verstanden haben, daß sie mich nutzlos gedemütigt haben, wo ich mich für meine Ehre achte!! Meine Freundlichkeit – meinen Respekt! Wie auch meine Journalisten mich verstanden haben; begriffen etc. etc. etc. …

185 nach einem arbeitsamen, mühseligen Leben!!! Da ist so viel zu ertragen, bevor man stirbt: Es ist aber nicht gerecht, sagen wir's doch; daß man so sehr leiden muß! Was habe ich denn getan? Mehr als Gutes ... Aber nur wer Gelegenheit haben wird, meine Bücher zu lesen, wird verstehen können, wer wir zwei Eltern waren: daß wir nur gelitten, uns geplagt und sehr geliebt haben!?!?!?!

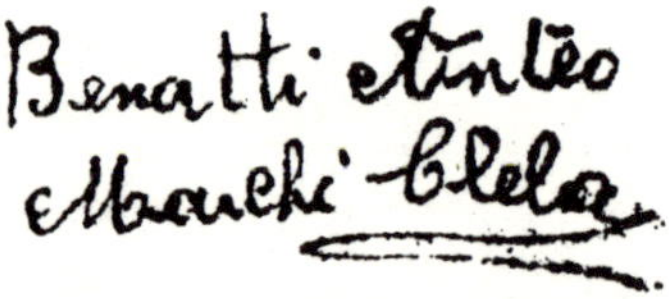

»Wahre Sachen, als mein Mann gestorben ist???«

Werde ich mich daran gewöhnen können,
Dich nicht mehr zu sehen???
Werde ich mich fügen können
in meinen Schmerz???
Werde ich vorgeben können,
glücklich zu sein???
Werde ich den Leuten sagen können,
daß es das Schicksal war …
Dich werde ich nie aus meinem Herzen löschen;
wie ein Mädchen das falsche Wort
mit dem Radiergummi tilgt;
weil ich nie deinen Namen »Anteo«
in meinem Herzen löschen werde,
nie!!! und nimmer!!!
Auch wenn ich die Sachen streichen werde,
die man vergessen muß; ihn aber werde ich
nie streichen! Dein Herz, das Du für mich
hattest! … Wieder allein im
Dunkeln zu stehen, wie ein armes Hündchen …
es ist nicht leicht, weiterzumachen
Ich hab's Dir immer wieder gesagt;
und immer wieder, 1,2,3,4,5mal …

Wenn aber mein Herz müde sein wird,
wird es aufhören zu schlagen:
Ich werde einschlafen,
und dort oben werde ich aufwachen: erst dann …
werde ich dem nah sein können, der einst …
mich so sehr geliebt hat …
Der, den ich nie vergessen werde
Wir, die wir alle unsere Sachen gemeinsam hatten …
Wie ich schon sagte, werde ich mein Leid
auf eine schwarze Seite schreiben …
die niemand lesen oder lesen können wird
Diese Schriften sind mein Zeitvertreib
denn wenig kann ich schlafen …

Clelia Marchi

»Meine liebe Sonne«

Meine liebe Sonne
wie schön Du bist
Am Morgen ...
Du bist schön frisch
golden die Farbe ...
Du bist glücklich wie die Leute,
die arbeiten gehen
und langsam langsam machst Du Dich
auf den Weg. Denn Du weißt,
Dein Schicksal ist ...
laufen, laufen
langsam, langsam, langsam ...
um alle Worte des Bauern
aufzunehmen ...
Die Gebete, die Flüche
die Tränen, die Leiden
die Guten, die Bösen und die Unvorsichtigen
Mit Deinen Strahlen
gehst Du in alle Häuser ...
Langsam, langsam, langsam;
allen willst Du eine Hand reichen
läufst immer langsamer ...

So stellen wir den Reichen zufrieden
und den Bauern auch, aber
plötzlich …
          Alles!!!
Du legst Dich in den Sack
und ganz tief, ganz tief …
gehst Du runter, bis morgen
bis der Tag anbricht, »meine liebe Sonne«,
sehe ich Dich nicht mehr.

»Traurig sein«

Traurig zu sein ist nicht schwer ...
aber falls Du's nie empfunden hast:
schau in meine Augen ...
Dort wirst Du die Leere
die Farbe der Einsamkeit finden ...
Schau mir in die Augen ...
dort wirst Du die Traurigkeit
und all die Tränen finden ...
die ich nie hab fließen lassen!!!
Sonst schau mich nicht an;
es sind nur ein paar Tränen,
die funkeln ...
Ich werde für den schreiben,
der nicht mehr da ist ...
vergebliche Gedichte ...
Ich werde mein Leid
auf diese schwarze Seite schreiben,
die niemals jemand!!
niemand!!
lesen können wird.

»Wenn ich sterben werde«

Wenn ich sterben werde,
werd ich viele Freunde finden.
Zuerst Dich …
meinen lieben Mann …
neben mir …
Dann viele Freunde,
ob arm ...
ob reich.
Ich werde die Sonne nicht mehr sehen:
die Sterne …
den Mond …
Aber es reicht mir eines
eines allein …
In Deiner Nähe
zu sein …
Denn außer Dir
gibt es nichts anderes …
Außer Dir
gibt es nichts
anderes

»Armer Herbst«

Wenn ich allein zu Hause bin,
schaue ich aus dem Fenster meiner Wohnung,
ich seh all die gelbgefärbten Blätter,
wie sie eins nach dem anderen herunterfallen …
(eins nach dem anderen)
auch sie haben ein Leben;
ich sehe die Gitter, die rosten …
der Winter kommt; er erinnert mich daran,
wie meine Tante uns Kindern …
in den Ställen die schönsten Märchen erzählte …
Die Lampe, die in ihrem Öl ausging,
das war der Faden,
dieses verdammte Licht,
es war der Docht, der in seinem Petroleum
vertrocknete: nach und nach.
Dann in der Nacht hört man aber
einen fernen Gesang …
sehr fern; es ist der Gesang
eines glücklichen Echos …
das ich doch nicht mehr habe …
Ich würde gerne zurückkehren,
einen Tag Seligkeit stehlen,

um eine Vorahnung zu bekommen!!!
Und endlich sagen zu können,
die Sonne scheint in meine Fenster!
Aber es wäre bequem, das Leben,
wenn es nur schöne Sachen gäbe auf der Welt;
statt dessen Schmerz im Herzen,
mehr schlimme gibt's als schöne!!!!!
Und alle haben welche, und keiner kann sie
noch nicht mal mit dem Radiergummi …
Wie schrecklich; wie schrecklich …
das Unglück

»Mein müdes Herz«

Ich bin hier zu Hause
        allein …
Ich sehe Fotos an,
die man nicht hätte
machen sollen! Nie!!
Mir kommt ein Gedanke
auf einmal
schaue ich aus dem Fenster …
wer vorbeikommt, Kinder, Autos etc.
Ich schließe das Fenster und denke dabei,
daß ich alle meine Erinnerungen …
draußen gelassen habe …
aber es gelingt mir nicht …
Ich bin doch zufrieden,
sie noch in meinem Herzen
zu haben …
In meinem
        zartfühlenden
                Herzen.

»Ihr Lieben, Ihr Lieben«

Wenn ich eines Tages krank werde,
werdet Ihr mich besuchen kommen,
darunter auch welche, um
mich neugierig zu begaffen.
Ihr werdet mir sagen …
wie geht's Dir denn, Mamma?????…
Ihr wißt's schon, daß wenn man
krank ist, die Lust verschwindet,
weiterzumachen: entweder hab ich nichts mehr
zu tun, oder ich schaff es nicht mehr,
ohne zu leiden …
Ihr werdet mir sagen, das ist ein
Geheimnis, dabei habe ich doch wirklich
so sehr gelitten. Jetzt aber
schaffe ich's nicht mehr; weil die Energie
verschwunden ist; die Augen,
mit ihren großen Pupillen,
schließen sich, auch wenn ihr mich
zu Tausenden anseht; ihr werdet mich
von Zeit zu Zeit anschauen, ob's mir nicht
mehr gelingt, zu atmen …
Ihr werdet mich rufen in dem Wunsch, daß ich

die Augen offen halte; vielleicht würd' ich
mich bemühen wollen, aber die Augen
schaffen's nicht mehr, zu sehen …
ich weiß, daß es Pflicht ist, zu sterben!
Es wird aber wen geben, der Freude dran hat …;
zum letztenmal möchte ich
Eure Gesichter betrachten,
in mein Herz schließen und mitnehmen …
Das ist eine Überraschung, meine Schwester
kommt wirklich! Liebevoll sagt sie zu mir:
Wie geht es Dir, meine Liebe?? Zu spät …
Meine liebe Schwester: Ich hab keine Kraft mehr!!!

Und so endet die Kette

»Mein lieber Mond«

Wenn Du wüßtest, wie viele Nächte,
Du mein Gefährte gewesen bist,
in den traurigsten Momenten
meines Lebens! Je trauriger ich war,
desto mehr schaute ich auf Dich
Du lasest meinen Schmerz
Mein lieber Mond
Alle glücklichen Leute
bleiben im Bett, um auszuruhen …
niemand träumt …
Ich dagegen werde Dich anschauen
meinen lieben Mond …
Denn es gab nur Dich.
Und keinen anderen mehr …
Wie ich Dich aber voller Sympathie
anschaute, kam da eine Wolke
und hat Dich versteckt; ich blieb
allein im Dunkeln, tappte herum …
Meine schlimmen Sachen, schlimm dran zu denken …
Plötzlich geht die Wolke weg!
Du bist wiedergekommen,
oh mein lieber Mond!!!

Denn nur Du kannst bei Nacht,
mir Gesellschaft leisten ...
Die glücklichen Leute sind im Bett
Schlafen
        Schnarchen,
                        Träumen
Träumen, Träumen!!!
Und ich arbeite

»Was ich gerne gemacht hätte«

Ich hätte gern
mein Herz verkauft ...
Ich hätte gern
meine Tränen verkauft ...
die die einzige Gesellschaft
meines Lebens gewesen sind!
Wohin mußt Du denn bloß gehen...
mein liebes Herz, daß Du
immer in Eile bist?!?!
Weißt Du aber, daß die Tage
einer nach dem anderen
alle gleich sind?!?!
Weißt Du aber, daß der
                    Herr
acht Tage gebraucht hat,
um eine Woche zu erschaffen???
Mein Leben ist wirklich
sehr hart gewesen: ich hoffte, daß es
eines Tages anders würde!
doch die schönen Sachen sind eines Tages
zu schnell vorbei ...
denn wenn man heiratet, sieht man

nur Rosa. Doch das Rosa
hält nur kurze Zeit: wenn wir wüßten,
was das Leben ist: es ist nur ein Schatten,
der auf Erden vorüberzieht
und nichts anderes; arbeiten etc.

Benatti Anteo Clelia Marchi
Poggio Rusco MN

Nachwort

Clelia Marchi stammt aus Poggio Rusco, einem italienischen Dorf im südlichen Teil der Poebene in der Provinz Mantua, wo sie ihr ganzes Leben unter sehr harten Bedingungen verbracht hat.

Als ihr Mann kurz nach der Verrentung 1972 durch einen Unfall stirbt, beginnt für Clelia Marchi eine sehr schmerzhafte Zeit. Sie kann nachts nicht mehr schlafen, so groß ist der Schmerz über den Tod ihres geliebten Anteo. Um mit ihrer Schlaflosigkeit fertigzuwerden, fängt sie an zu schreiben. Die Erinnerungsbücher, die sie eigenhändig aus Papier und dicker Pappe herstellt, werden dann am Rand mit Häkeleien aus verschiedenfarbiger Wolle verziert.

Alle Gedanken, die ihr im Kopf kreisen, schreibt sie in Bergen von Büchern, Heften und auf losen Blättern nieder; Zeitungsartikel und Fotos ergänzen ihr Werk.

Der Drang zu schreiben ist so stark, daß eines Abends Bücher und Papier nicht mehr ausreichen. In ihrer Not öffnet Clelia Marchi den Wäscheschrank und zieht eines der großen Bettlaken heraus, das sie nun »nicht mehr mit dem Ehemann gemeinsam abnutzen« wird. Der gesunde Hausfrauenverstand verbündet sich mit der Erinnerung an einen Totenkult der Etrusker, die ihre Toten dereinst in ein beschriftetes Leintuch hüllten: Sie breitet das Laken über ein auf ihren Knien liegendes Kissen und beginnt es zu beschreiben. Diese neue Arbeit dauert fast zwei Jahre.

Jede Zeile erstreckt sich über die gesamte Breite des Lakens, und jedesmal, wenn sie eine neue Zeile beginnt, verliert sie das Ende der vorherigen aus den Augen. Aus diesem Grund wiederholt sich das Ende einer Zeile manchmal am Anfang der nächsten. Später hat Clelia Marchi eine Idee: Da es beim Lesen sehr schwierig ist, die jeweils folgende Zeile auf dem unübersichtlichen Laken zu finden, numeriert sie die Zeilen jeweils zu Beginn. Deshalb entspricht in der ersten Abschrift mit der Schreibmaschine (von Rosanna

Mai, Kulturassessorin von Poggio Rusco) jeder Abschnitt einer Zeile des Lakens.

Am Ende unterschreibt sie alles mit dem Namen ihres Mannes und darunter mit ihrem, so wie sie es immer bei amtlichen Dokumenten getan hat.

Der Text beginnt mit der klassischen Darlegung des Vorhabens der Autorin, gefolgt von der Erzählung der nackten Tatsachen, der Existenz armer LandarbeiterInnen.

Am Ende des ersten Teils berichtet Clelia Marchi vom Unfalltod ihres Mannes. Ihr grausames Schicksal, aber auch das der Menschen allgemein, wird somit das Thema des zweiten Teils. Sie denkt über die Rätsel des Lebens und immer wieder über das Mysterium des Todes nach und versucht beides aus verschiedenen Blickwinkeln zu betrachten. Man gewinnt den Eindruck, sie möchte den Tod vermenschlichen, ihn nahebringen. Vielleicht weil sie den Tod als letzte Hoffnung bzw. als Möglichkeit zum Wiedersehen mit ihrem geliebten Mann sieht. Diese Hoffnung wird von dem Wunsch begleitet, daß ihr Werk von vielen gelesen wird, die auf diesem Wege ihr Wesen und ihren Schmerz begreifen können.

Bei der Übersetzung des Textes habe ich

mich – in Absprache mit der Verlegerin – dafür entschieden, Clelia Marchis ganz persönlichen Schreibstil zu bewahren und ihren Worten mehr Gewicht zu verleihen als den Regeln deutscher Grammatik. Sprünge innerhalb eines Satzes zwischen grammatikalischen Personen, Zeiten etc. wurden nur insoweit berichtigt, als es das Verständnis dringend erforderlich machte. Und nur um ein weitgehendes Verständnis zu gewährleisten, habe ich Marchis Interpunktion verändert. Sie benutzt hauptsächlich Doppelpunkte, wo eher Punkte oder Ausrufezeichen zu erwarten wären. Wahrscheinlich tut sie dies, um zu betonen, daß hier eigentlich alles zusammenhängt und aufeinander verweist. Punkte sind im Orginaltext sehr selten, vielleicht wirken sie ihr zu schroff. Ich habe dennoch mehr Punkte gesetzt und viele der Doppelpunkte, wenn sie eigentlich die Bedeutung des Ausrufezeichens haben, in ein solches abgeändert. In allem übrigen habe ich mich bemüht, die Würde von Clelia Marchis einfacher, aber ausdrucksvoller Sprache zu erhalten, indem ich weder für sprachliche Unebenheiten noch für Passagen in Dialekt eine direkte Entsprechung im Deutschen gesucht habe.

Patrizia Bruni

Erläuterungen

1 *Durchwachte Nächte* — die Frauen trafen sich manchmal, um bis tief in die Nacht zusammenzusitzen und gemeinsam zu flicken, spinnen oder stricken.

7 *Padrone* — italienischer Großgrundbesitzer; Clelia Marchi und ihr Mann Anteo waren weder Bauern noch Tagelöhner, sondern fest angestellte Landarbeiter bei einem Padrone.

8 *Polenta* — Maismehl, das, unter ständigem Rühren in Wasser gekocht, zu einer dicken Masse wird. Traditionelle Speise Norditaliens.

18 *Euch nicht gesehen* — Die Höflichkeitsanrede in der 2. Person Plural war in Italien noch bis Anfang des 20. Jahrhunderts gebräuchlich. Im Süden existiert sie oft noch heute.

41 *Ledigensteuer* — Steuer, die junge Männer zu entrichten hatten, wenn sie mit 25 Jahren noch unverheiratet waren.

52 *Der Baum der Holzschuhe* — »L'albero degli zoccoli«, italienischer Spielfilm von Ermanno Olmi, worin ebenfalls eine Geschichte armer Landarbeiter erzählt wird.

58 *Zwang zu schwarzem Brot* — Brot gab es im Krieg nur auf Lebensmittelkarten; da zudem das Mehl rationiert war, wurde Brot mit Kleie gebacken und war dadurch dunkler.

62 *Die Flugzeuge [der Amerikaner]* — Die folgende Szene beschreibt die Ankunft amerikanischer Flugzeuge – das Signal für das Ende des Krieges. Als der Schuß fällt, scheint der deutsche Kommandant zu befüchten, ein Amerikaner habe geschossen.

63 *Du weißt es* — Vielleicht weiß Clelia Marchi selbst nicht, ob ein Amerikaner oder ein anderer geschossen hat. Denn sie schreibt, daß sie erst später erfahren haben, »wer es war« – der

Nachbarjunge; und daß die Straßen »voll von ihnen« waren – von Amerikanern, so läßt sich vermuten.

64 *Platz an der Paleotta* — Hier ist ein Kriegsgefangenenlager beschrieben, das wahrscheinlich von den Amerikanern eingerichtet worden ist.

95 *Abstellraum* — Die Nachbarin arbeitete aus Diskretion in einem kleinen Nebenraum, denn wenn sie im Hause gewesen wäre, hätte sie sehen können, was und wieviel Clelia Marchis Familie zu essen hatte.

140 Diese Zeile ist in der italienischen Originalausgabe erneut mit 139 numeriert, so daß unsere Numerierung ab hier um eine Ziffer abweicht.

162 *Pinsin* — lockerer Teig, ähnlich dem Blätterteig. Volkstümliche mantovanische Speise.

175 *Traurige Erinnerungen in Dialekt* — Die Zeilen 175-178 wurden in Dialekt verfaßt. Wir danken der Fondazione Mondadori für die freundlichen Hinweise zur Übersetzung dieser Passagen.

179 *Jedes kleine Quadrat* — Den unteren Teil des Lakens hat Clelia Marchi mit Längsstrichen in kleine Quadrate unterteilt, in die sie mit rotem Stift ihre Gedichte eingetragen hat.

184 *Meine Journalisten* — Marchi bezieht sich auf das Echo, das die Buchveröffentlichung des »Lakenromans« in Italien hatte.

Weitere Titel

im

Ulrike Helmer Verlag:

»Ich habe Deinen Namen
in den Schnee geschrieben,
der Wind hat ihn verweht.
Ich habe Deinen Namen
in mein Herz geschrieben
und dort ist er stehengeblieben.«

Johanna Kinkel
Hans Ibeles in London

Ein Roman aus dem Flüchtlingsleben

Am Briar Place ziehen seltsame neue Bewohner ein: eine Familie ohne Möbel, aber mit sieben Kindern und einem Hausmädchen, das eine merkwürdige Haube trägt. Die Nachbarinnen hinter den Gardinen sind schockiert: Das sind ja – Ausländer!

Wer hier mit Sack und Pack das neue Heim bezieht, ist die deutsche Familie Ibeles, die es nach dem Scheitern der Revolution von 1948 ins Exil nach London verschlagen hat. Wie diese Fremden ihre neue Heimat kennenlernen und über deren Sitten staunen, schildert dieser amüsante Roman.

Johanna Kinkel (1810-1858), Musikerin und Journalistin, schildert mit viel Esprit und einer Portion Galgenhumor ihre autobiographischen Erfahrungen; das Londoner Haus von Johanna und Gottfried Kinkel war eine Anlaufadresse für viele Exilierte, darunter Malwida von Meysenbug.

3-927164-41-0

Ursula Pretl
Vier alle

Eine total normale Familie

Bevor Sie behaupten, Sie seien ein umgängliches und pflegeleichtes Kind gewesen, reden Sie lieber mal mit Ihrer Mutter. Womöglich hat sie nämlich ein Familientagebuch geführt – wie Ursula Pretl. Darin ist alles über den »alltäglichen Familienwahnsinn« für die Nachwelt konserviert, also auch Ihr Anteil an ihm. Geschichtsglitterung unmöglich!

Ursula Pretl, geboren 1951 in Dortmund-Wellinghofen, arbeitete in der Telegraphie, bis sie infolge eines Unfalls 1986 aus dem Berufsleben ausschied und sich dem Schreiben widmete. Ihre lustigen Familiengeschichten erscheinen in einer Zeitungskolumne.

3-927164-86-0